Olive mit Liebe

Urlaubsglück Buch 1

Kajsa Arnold

W0331429

Verlag:
Zeilenfluss Verlagsgesellschaft mbH
Werinherstr. 3
81541 München

Texte: Kajsa Arnold
Coverdesign und Umschlaggestaltung: Giusy Ame / Magcicalcover.de
Korrektorat: Nadine Löhle - Goldfeder Texte, Johannes Eickhorst
Satz: Zeilenfluss

ISBN: 978-3-9671-4433-8

KAJSA ARNOLD

Olive

MIT LIEBE

ZEILENFLUSS

1

»Warum muss es gerade die Toskana sein? Ich meine, was gibt es dort schon zu sehen außer einer Menge Oliven und vielleicht ein paar Säulenzypressen?« Milla verdrehte die Augen. Wir saßen in der Küche meiner Frankfurter Wohnung und plauderten bei einer Tasse Kaffee. Milla war auf einen Sprung vorbeigekommen, weil sie nur drei Häuser entfernt wohnte.

»Die Toskana ist die schönste Region von ganz Italien«, erklärte ich im Brustton der Überzeugung.

»Das kannst du gar nicht wissen, wenn du nicht jeden Winkel Italiens erkundet hast. Soweit ich weiß, warst du bisher nur in der Toskana.«

»Einmal, und das nur aus beruflichen Gründen. Ich möchte sie aber als Touristin bereisen, nicht weil mein Chef mich dort hingeschickt hat. Ganze zwei Tage hatte ich Zeit, mich umzusehen, und davon kann nicht die Rede sein. Ich habe ein Weingut besucht, und das war es. Danach fand ich mich im Büro wieder. Ich weiß, dass die Region viel mehr zu bieten hat als Trauben und dunkle

Erde. Daher habe ich mich dazu entschlossen, in die Toskana zu reisen.«

Milla verschränkte die Arme vor der Brust. Eine Haltung, die ich an ihr so gar nicht leiden konnte. »Können wir nicht nach Frankreich, in die Normandie? Oder nach Schottland?«

Jetzt verzog ich das Gesicht. »Das sind beides keine Orte, die man im Frühling besuchen kann. Da ist es mir viel zu kalt.« Dem konnte meine beste Freundin nicht widersprechen. Dennoch gab sie nicht auf. Sie zog das Haargummi heraus, schüttelte ihr brünettes Haar aus und massierte ihre Kopfhaut. »Ich bekomme Kopfschmerzen, wenn ich das Wort ›Toskana‹ höre«, murmelte sie. Ihr letzter Freund war Italiener und es hatte nur vier Monate gehalten. Daran hatte Milla immer noch zu knabbern. Er hatte ihr die große Liebe vorgespielt, dabei war ihm ihr Kontostand wichtiger als alles andere.

»Du musst ja nicht mitfahren. Ich komme diese eine Woche auch alleine klar. So kann ich mein Italienisch auffrischen, was mir auch im Beruf zugutekommt«, erklärte ich freiheraus.

Mein Entschluss stand fest: Ich wollte die Toskana besser kennenlernen, und eine Woche Urlaub Mitte April war genau der richtige Zeitpunkt dafür. Seit Kurzem war ich in meinem Beruf für ganz Italien zuständig, als Einkäuferin für einen Weingroßhändler, weil mein Kollege gekündigt hatte und mein Chef sich weigerte, jemand Neues einzustellen.

»Toni, ich weiß nicht … Ich will dich nicht im Stich lassen. Wir werden das heute Abend mit den Mädels besprechen, mal schauen, was sie dazu sagen werden. Vielleicht hat jemand anderes Zeit«, schlug Milla vor und ich nickte zustimmend, auch wenn ich schon wusste, was dabei herauskommen würde. Sie würden nicht wollen, dass ich allein in den Urlaub fuhr. Zu einsam, zu gefährlich. Ich hörte schon ihre Einwände. Doch wenn ich mir etwas in den Kopf gesetzt hatte, dann gab es niemanden, der mich aufhalten konnte.

Einmal im Monat trafen wir uns am ersten Donnerstagabend zum Essen. Dieses Mal bei Alfredo, meinem Lieblingsitaliener in Frankfurt. Milla würde etwas später kommen, weil sie einen Termin beim Friseur hatte, den sie nicht verpassen wollte. Johanna saß schon am Tisch, als ich im Lokal eintraf, mit einem Aperitif in der Hand.

»Hallo, meine Süße! Wartest du schon lange?« Ich umarmte sie, legte meinen Mantel und Schal ab, dann setzte ich mich zu ihr, bestellte selbst erst mal ein Wasser.

»Nein, ich habe mich gerade erst gesetzt. Carolin kommt auch sofort, sie sucht einen Parkplatz. Wir sind gemeinsam gefahren, mein Auto ist zur Inspektion.«

Carolin trat an den Tisch, umarmte mich und ließ sich neben mir nieder. »Puh, der Verkehr ist die Hölle! Aber nach zwei Runden um den Block hatte ich Glück und habe eine freie Lücke direkt vor der Tür erwischt.«

Ich war froh, dass ich im Augenblick keinen Wagen hatte, so brauchte ich mir um diese Dinge keine Gedanken machen. Mit Bus und Bahn kam ich gut zurecht, was in einer Großstadt wie Frankfurt auch nicht schwer ist. Meine Wohnung lag zentral im Gallusviertel und ich erreichte meine Arbeitsstelle bei einem Weingroßhändler zu Fuß.

Alfredo kam höchstpersönlich an den Tisch und reichte

uns die Speisekarten. »Buonasera, meine Damen! Darf ich Ihnen das heutige Tagesgericht empfehlen?«

»Schießen Sie los, Alfredo, ich bin gespannt«, erklärte Carolin und lächelte. Sie hatte ebenso wie ich eine Vorliebe für die italienische Küche.

»Wir haben einen Avocado-Salat als Vorspeise und zum Hauptgang gibt es Lachs in Sardellen–Sahnesoße mit selbst gemachten Tortellini, gefüllt mit einer Farce aus Jakobsmuscheln.« Er sah uns an, als erwartete er Beifall.

Mir lief das Wasser im Mund zusammen. »Das nehme ich«, rief ich schnell, als hätte ich Angst, dass es mir jemand wegschnappen würde.

»Ich auch«, schloss Johanna sich mir an.

»Ich auch«, riefen Milla und Carolin wie aus einem Mund. Milla trat an den Tisch und legte ihren Mantel ab, umarmte uns der Reihe nach. »Hallo, meine Lieben, ich bin auch endlich da.«

Alfredo nickte begeistert. »Also vier Mal das Gleiche für die Damen. Was darf ich noch an Getränken bringen?«

»Wir nehmen eine Flasche Weißwein, den üblichen. Und es fehlen noch zwei Gläser und eine Flasche Mineralwasser.«

»Zwei Flaschen!«, rief Johanna und reichte ihm das Glas mit dem Aperitif, das sie bereits geleert hatte.

Er machte sich auf den Weg in die Küche, und ich blickte Milla an.

»Du siehst klasse aus, der Schnitt ist sehr modern.« Sie hatte sich die Haare kürzen lassen und trug sie jetzt schulterlang.

»Ja, ich finde es auch toll«, meinte Carolin, und Milla lächelte dankbar.

»Toni will verreisen – allein, wenn ich das anmerken darf«, warf sie in die Runde und blickte einen nach dem anderen an. Es sah aus, als würde sie um eine Abstimmung bitten, ob ich überhaupt fahren durfte.

»Was?« Johanna traute wohl ihren Ohren nicht. Sie sah mich mit großen Augen an.

Auch Carolin schaute überrascht zu mir herüber. »Wohin denn?«

»Ich möchte in die Toskana und denke, es ist eine gute Idee, allein zu reisen. Ich habe so viele Punkte, die ich mir ansehen will. Milla ist nicht begeistert davon und ich weiß, dass keiner von euch sonst in der nächsten Woche Urlaub hat.« Ich wusste es deshalb so genau, weil wir vier fast alles teilten. Wir kannten uns seit der Schulzeit, waren die besten Freundinnen und hatten nur wenige Geheimnisse voreinander.

Johanna, die als Übersetzerin arbeitete, schüttelte bedauernd den Kopf. »Ich habe einen großen Auftrag für die Übersetzung eines französischen Bestsellers angenommen, das kann ich mir nicht entgehen lassen. Es tut mir leid, ich kann mir erst im Mai Urlaub gönnen.«

»Bei mir sieht es noch schlechter aus. Ich bekomme erst im Juli Urlaub, weil mein Chef gekündigt hat und ich nun den Neuen einarbeiten muss, da er wirklich keine Ahnung hat von den Dingen, die jetzt auf ihn zukommen.« Carolin verdrehte die Augen. Sie arbeitete für eine große Immobilienfirma und stand ständig unter Strom. Ihr Job war anstrengend, und ich wünschte mir, sie würde sich nach etwas anderem umsehen, denn das war auf Dauer nicht gesund.

Obwohl es bei mir mit dem Stress auch nicht besser aussah. Ich konnte mich glücklich schätzen, dass ich eine Woche Urlaub hatte durchsetzen können. Wenn das so weiterging, würde ich mich nach einem neuen Job umsehen.

»Der wievielte neue Chef ist das jetzt?«, wollte Milla wissen.

»Der dritte in zwei Jahren«, beantwortete Carolin ihre Frage.

»Ich weiß nicht, warum sie dir nicht den Job anbieten. Du bist seit Jahren das einzige Beständige in dieser Firma.« Johanna spielte mit einer Kante ihrer Stoffserviette.

»Weil die Chef-Etage seit Jahren auf Männer setzt. Weil die nicht schwanger werden können, keinen Haushalt führen müssen, bla, bla, bla. Wenn ihr mich fragt: Genau die falsche Entscheidung gefällt von alten Männern, die in ihren Vorstellungen so festgefahren sind. Wenn das so weitergeht, werde ich mir eine neue Stelle suchen.« Sie seufzte tief und trank einen Schluck. »Daher kann ich dich also nicht begleiten.« Sie sah mich entschuldigend an.

»Aber das will ich ja auch gar nicht! Ich finde, jeder sollte mal eine Woche alleine verreisen«, meinte ich freiheraus.

Die Mädels verstummten und schauten sich untereinander an.

»Aber wieso?«, wollte Milla wissen.

»Weil es doch eine tolle Erfahrung sein kann, so ganz auf sich allein gestellt. Ich denke, es fördert das Selbstbewusstsein und die Flexibilität. Glaubt ihr nicht auch?« Ich blickte in die Runde.

Nachdenklich nickten meine Freundinnen, wenn auch nicht ganz so überzeugt.

»Ja, der Gedanke hat etwas.« Johanna war die Erste, die Gefallen an der Idee entwickelte. Sie strich ihr rotes Haar aus dem Gesicht. Es war ihre Naturfarbe und stand im Gegensatz zu ihren grünen Augen.

»Wohin würdest du reisen, wenn du die freie Wahl

hättest?«, fragte Carolin, die unterbrochen wurde, weil man die Vorspeise servierte.

Der Salat sah appetitlich aus. Hellgrüne Avocadostücke mit Zwiebeln, Krabben und Tomaten, garniert mit Pinienkernen und einer süßlichen Marinade. Dazu gab es frisches Brot mit Kräuterbutter, die mit Tomatengusto rot eingefärbt war.

Johanna kaute und legte den Kopf schief. »Die Normandie. Ich würde mir gerne Mont-Saint-Michel ansehen.«

»Die Normandie? Wie kommst du denn darauf?« Das hatte sie bisher nie erwähnt, und ich war überrascht.

»Das Buch, das ich gerade übersetze, spielt dort und auch der Autor lebt dort. Seine Beschreibungen sind sehr bildlich, und ich würde es gerne mit eigenen Augen sehen. Ja, ich glaube, ich würde mich für die Normandie entscheiden.«

»Und du, Carolin? Wo möchtest du einmal hin?« Ich sah sie erwartungsvoll an und schob mir eine Gabel mit diesem köstlichen Salat in den Mund.

»An den Gardasee. Dort gibt es einen Ort, der ›Limone Sul Garda‹ heißt. Dort möchte ich einmal hin.« Sie dachte gar nicht lange darüber nach.

»Warst du schon mal dort?«, fragte ich interessiert nach.

Sie schüttelte den Kopf. »Nein, aber meine Großmutter war einmal dort und sie hat bis zu ihrem letzten Atemzug davon erzählt, weil sie sich dort verliebt hatte. Zwar wurde nichts daraus, aber sie hat ein ganzes Leben lang an ihn gedacht. Ich würde diesen Ort gerne besuchen, der sich so tief in ihre Seele gebrannt hat.«

»Wow! Das ist eine tolle Geschichte, du solltest ein

Buch darüber schreiben«, rief Johanna, doch Carolin winkte ab.

»Schreiben ist nicht so mein Ding. Und jetzt Milla: Wohin würdest du reisen?«

Milla biss sich auf die Unterlippe. »Ich habe keine Ahnung. Lasst mich überlegen … Es gibt mehrere Orte, die mich interessieren, aber ich denke, ich würde mich für Inverness entscheiden.«

»Schottland?«, rutschte es mir überrascht heraus. »Was willst du auf der Insel?«

Sie hob die Schultern. »Dort war ich noch nie. Ich würde mir einen reichen Lord suchen, der eine Burg besitzt, und ihn heiraten.« Sie lachte auf und alle stimmten mit ein.

»Das ist eine tolle Idee! Wir werden dich dann besuchen kommen«, meinte Carolin gut gelaunt.

»Wir alle werden deine Brautjungfern und angeln uns starke, schottische Männer, die in Kilts an der Hochzeit teilnehmen«, erklärte ich und hob mein Glas. »Ich freue mich schon jetzt auf das Hochzeitsfoto. Lasst uns darauf trinken. Auf Orte, die wir in unserem Herzen tragen und irgendwann einmal besuchen werden.«

Die Mädels stießen mit mir an. Inzwischen wurde auch die Hauptspeise serviert, nachdem die Teller für den Salat abgeräumt worden waren.

»Aber mal im Ernst: Warum schließen wir nicht einen Pakt und reisen an diese Orte? Jeder hat dafür in seinem nächsten Urlaub eine Woche Zeit. Antonia macht es uns vor und wir werden auch den Mut aufbringen.« Johanna blickte in die Runde. Milla und Carolin schienen nicht begeistert zu sein.

»Ich weiß nicht genau … So ganz allein?« Carolin war nicht überzeugt und schüttelte den Kopf.

»Das wird ein Abenteuer! Wenn du dabei bist, bin ich es auch.« Milla sah Carolin auffordernd an. Sie hatte eine Art an sich, der man sich nur schwer entziehen konnte.

»Okay, ich mache mit«, gab Carolin nach und ich klatschte begeistert in die Hände. »Wenn ihr alle mitmacht, will ich nicht die Spielverderberin sein.«

»Wir sollten als Beweis ein Foto schicken«, überlegte ich laut.

»Eines pro Tag. Dann wird das wie ein Reisebericht, und wir anderen können ein wenig daran teilhaben. Wofür haben wir eine WhatsApp-Gruppe?«, fragte Johanna gut gelaunt.

Na, da würde etwas auf uns zukommen … Hoffentlich hatten wir überhaupt in allen Ländern Handyempfang.

»Ihr wisst ja, ich bin nicht so der Handy-Typ, aber ich werde versuchen, euch auf dem Laufenden zu halten. Wenn ich einen heißen Italiener kennenlerne, gebe ich euch Bescheid, wann die Hochzeit ist«, erklärte ich mit einem Lachen.

Milla winkte ab. »Von heißen Italienern kann ich nur abraten, da steckt nur heiße Luft dahinter.«

Ich seufzte. »Ach Milla. Wenn man sich erst einmal verliebt hat, ist die Nationalität doch total egal.«

»Es heißt nicht umsonst: ›Drum prüfe, wer sich ewig bindet‹«, erklärte Milla.

»Wer will sich denn ewig binden?«, fragte Johanna in die Runde, und alle begannen zu lachen.

2

Ich reiste mit dem Zug. Natürlich hätte ich fliegen können, doch mir war mein ökologischer Fußabdruck wichtig und so sah ich auch viel mehr von der Landschaft, die extrem abwechslungsreich war. Ich hatte Zeit und musste nicht so hetzen wie in meinem Job. Sollte sich mein Chef via Handy melden, hatte ich mir geschworen, nicht dranzugehen. Ich hatte Urlaub und er musste auch mal eine Woche ohne mich zurechtkommen müssen.

Mit dem Nachtzug fuhr ich Richtung Süden. Ich würde fast zwölf Stunden unterwegs sein, da war es gut, wenn ich sieben davon schlafend verbrachte. Aber so einfach war es nicht. Ich war viel zu aufgeregt, um einzuschlafen. Irgendwann fielen mir die Augen doch zu, das regelmäßige Rattern der Räder auf den Gleisen lullte mich ein.

Um halb acht ließ ich mich wecken, so hatte ich genug Zeit, mich fertigzumachen und im Speisewagen zu frühstücken. Der Zug war nicht ganz voll, es war ja noch früh im Jahr. Viele nahmen zu Ostern Urlaub. Ich hatte das Fest abgewartet, und jetzt waren viele schon wieder auf dem Heimweg.

Mein Ziel war erst einmal Florenz. Ich wollte mir zwei Tage in der Stadt gönnen und dann weiter zu einem Landgut fahren, das auch Übernachtungen anbot. Als ich dort angekommen war, wollte ich mir zuerst ein Auto mieten, doch die engen Straßen machten mich unsicher. Vielleicht sollte ich damit warten, bis ich meine Tour startete. Die Gassen zu Fuß zu erkunden, war eine wesentlich bessere Entscheidung. Wo sollte ich hier parken? Also nahm ich ein Taxi, das mich zum Hotel brachte. Schon zu Hause hatte ich mir ein Zimmer gebucht, weil ich Angst gehabt hatte, auf der Straße übernachten zu müssen. Dabei war diese Furcht überflüssig, denn die Dichte an Übernachtungsmöglichkeiten war immens. Hier gab es ein Hotel neben dem anderen.

Ich hatte mich für eines in der Nähe der Kathedrale Di Santa Maria Del Fiore entschieden. Der Kirchenbau mit der imposanten roten Kuppel und Giottos Campanile würde ich immer wiedererkennen, sollte ich mich verlaufen. So war zumindest der Plan.

Der Taxifahrer redete in einem Mischmasch aus Italienisch und Englisch auf mich ein. Vermutlich hielt er mich für eine Amerikanerin, weil mein Koffer einen Aufkleber der amerikanischen Flagge trug. Nicht weil ich dort schon mal war, sondern nur, damit ich ihn auf dem Gepäckband schneller erkennen konnte. Es klebte auch ein Smiley darauf und die schwedische Flagge. Ich nickte ihm freundlich zu, obwohl ich kaum verstand, was er mir mitteilen wollte. Ich dachte, dass er sich über die Touristen aufregte, die, ohne hinzusehen, die Seiten wechselten, und wagte kaum, etwas zu erwidern, weil ich ja schließlich auch eine von ihnen war.

Ich gab ein großzügiges Trinkgeld, als er mich absetzte. Er hatte sich während der Fahrt so in Rage geredet, dass ich schon Angst bekommen hatte, dass er einen Herzinfarkt erleiden würde. Erleichtert sah ich ihm dabei zu, wie er wieder in seinen Wagen stieg und mit einem Hupen davonfuhr. Ich lief die kleine Seitenstraße hinunter und wandte mich dem Hotel zu, betrat mit forschen Schritten den Eingang des »Duomo Firenze«. Es war nicht das günstigste Hotel, aber danach hatte ich auch nicht gesucht. Mir gefiel, dass es kleine Balkone gab, auf denen man morgens frühstücken konnte. Die Rezeption erreichte ich mit einem Aufzug, der schon einige Jahrzehnte auf dem Buckel hatte und nicht sehr verlässlich aussah.

»Buongiorno!«, begrüßte ich die Dame am Empfang, als ich es endlich geschafft hatte, dort anzukommen. »Io mi chiamo Antonia Krämer. Ho prenotato una camera con balcone.«

Die Dame lächelte mich freundlich an. »Piacere! Benvenuti im Hotel Duomo. Ah, Sie kommen aus Deutschland. Guten Tag, Frau Krämer«, begrüßte sie mich auf Deutsch.

»Ja, genau. Sie sprechen meine Sprache ausgezeichnet.«

»Vielen Dank, ich habe einige Jahre in Hamburg gelebt und dort gearbeitet. Ich habe ein sehr schönes Zimmer für Sie«, erklärte sie, nachdem sie meinen Namen in den Computer eingegeben hatte. Sie reichte mir die Schlüsselkarte und einen Flyer mit Informationen über die Stadt. »Das Frühstück können Sie im Speiseraum direkt gegenüber einnehmen oder es auch aufs Zimmer bestellen«, informierte sie mich. »Es liegt im vierten Stock.« Sie deutete auf den Aufzug.

Oh nein, nicht wieder in dieses Ding! Ich nickte zaghaft. »Grazie.« Ich nahm mein Gepäck und ging zum

Fahrstuhl, drückte auf den Knopf und kurz darauf öffnete sich die Tür. Ein Mann stand darin, neben ihm mehrere Kartons mit Weinflaschen. Im ersten Moment wollte ich gar nicht einsteigen, weil die Kabine nicht besonders groß war, doch der Mann sah mich auffordernd an. Er war kein Italiener, das erkannte ich auf Anhieb. Sein Blick war recht düster. Er war ein Südländer, aber nicht aus Italien, wie mir schien. Sein Aussehen war kantiger, härter.

»Prego entra«, sagte er mit eindeutig griechischen Akzent.

Also quetschte ich mich mit meinem Koffer in die enge Kabine, darauf bedacht, ihn nicht zu berühren. Er war groß, mit breiten Schultern, das schwarze Haar hatte er am Hinterkopf zusammengebunden. Vereinzelt sah ich graue Strähnen. Ich schätzte ihn auf Mitte bis Ende dreißig. Seine braunen Augen musterten mich neugierig. Er trug Jeans und ein Leinenhemd lose darüber. Das Hemd war ein wenig zu weit aufgeknöpft, ich sah seine behaarte Brust. Um den Hals baumelten einige Ketten. Eine hatte einen silbernen Anhänger in Form einer Traubenrispe. Er hatte also etwas mit Wein zu tun. Vielleicht ein Händler?

Er blickte auf meinen Koffer, dann wieder zu mir. »Are you American?«, fragte er mit dunkler Stimme.

Ich schüttelte den Kopf. »No, sono tedesca.«

»Ah, Deutsche«, sagte er mit stark griechischem Akzent.

Der Aufzug hielt mit einem Ruck und ich suchte Halt, griff ins Leere und fiel gegen seine Brust, die sich erstaunlich muskulös anfühlte. Er stand fest wie ein Baum.

»Keine Angst, ich bin bei Ihnen«, erklärte er und legte mir einen Arm um die Hüfte. Endlich öffnete sich die Tür und ich machte mich schnell los. Nur raus aus diesem engen Kasten, wo mich der Duft seines männlichen Rasierwassers einlullte.

»Vielen Dank«, erwiderte ich und wollte mich abwenden, doch er räusperte sich.

»Wären Sie so freundlich, mir zu helfen?«, fragte er auf Deutsch und deutete auf die Tür, während er sich daran machte, die Kartons aus dem Aufzug zu tragen.

»Ja, natürlich.« Ich ließ meinen Koffer los und hielt meine Hand vor die Lichtschranke, damit die Tür sich nicht einfach schloss.

»Ich hoffe, die wollen Sie nicht alle allein trinken«, murmelte ich nachdenklich.

»Sie können mir ja behilflich sein«, sagte er und grinste.

»Ich trinke nicht, zumindest nicht so viel«, erklärte ich knapp, und als er endlich die Kartons aus dem Fahrstuhl geschafft hatte, schnappte ich meinen Koffer und machte mich auf die Suche nach der richtigen Zimmernummer.

Ich schloss die Tür hinter mir und war verzaubert.

Das Zimmer war klein, sah aber ganz reizend aus. Das Einzelbett war breiter, als ich es erwartet hatte. Es gab einen kleinen Schreibtisch mit einem Blumenstrauß darauf. Das Badezimmer wurde durch eine Schiebetür abgetrennt. Es sah nagelneu aus. Mit viel Stein in erdigen Farben. Das Zimmer war in dunklen Grüntönen gehalten, mit Weiß kombiniert.

Das Highlight jedoch war der wirklich kleine Balkon, der aber zur einen Seite einen Ausblick auf die Kathedrale bot – eine atemberaubende Kulisse. Ich schaute auf die umliegenden Dächer der Stadt und kam mir vor, als wäre ich in einem anderen Jahrhundert.

Ich machte ein Foto und stellte es in die Mädels-Gruppe mit dem Hinweis:

ANTONIA

Ich bin gut angekommen!

Ich brauchte gar nicht lange zu warten, bis ich eine Reaktion erhielt. Johanna schickte mir ein »Wow!«, Carolin einen Kusssmiley mit einem »Ich will auch«.

Milla rief mich direkt an. »Hi, meine Süße! Du hast es geschafft und bist heil angekommen. Na, da bin ich schon mal beruhigt. Und wie ist das Hotel?«

»Hey, schön, deine Stimme zu hören. Das Hotel ist super. Die Fahrt war lang, aber ich bin echt froh, dass ich den Nachtzug genommen habe. Ich bin ganz schön erschlagen, weil ich nicht viel geschlafen habe. Aber ich habe nur zwei Tage in der Stadt, also werde ich mich gleich auf den Weg machen, um so viel anzusehen wie nur möglich. Heute Abend werde ich neben dem Hotel eine Kleinigkeit essen und dann früh zu Bett gehen.«

»Na, das hört sich ja nicht gerade abenteuerlich an. Hast du schon einen heißen Italiener getroffen?« Milla lachte laut auf.

»Dafür bin ich nicht nach Italien gekommen. Und nein, ein heißer Italiener ist mir noch nicht begegnet«, erklärte ich und drosselte meine Lautstärke, ließ mich auf den Liegestuhl auf dem Balkon nieder.

»Das hört sich nach einem ›Aber‹ an. Wenn es kein Italiener ist, wer dann?«

Oh, wie ich Millas bohrende Fragen hasste! Sie hatte ein Gespür dafür, wenn ich etwas verschweigen wollte. Sie kannte mich einfach zu gut.

»Nein, da ist niemand«, sagte ich schnell. Vermutlich zu schnell und zu laut.

»Hey, komm, du redest mit mir, Milla, deiner besten Freundin, die dich besser kennt als du dich selbst.«

»Schon gut, ich habe im Aufzug einen heißen Typ gesehen, aber er ist kein Italiener. Ich glaube, er ist Grieche. Aber wir haben kein Wort gesprochen, ehrlich. Er sah gut aus, war aber ziemlich unfreundlich.«

»Hast du ein Foto von ihm gemacht?«

»Nein, natürlich habe ich kein Foto von ihm. Wie kommst du nur darauf? Ich kann ihn wohl kaum fragen.« Ich schüttelte lachend den Kopf, als ich plötzlich eine Bewegung neben mir wahrnahm. Ich sah über meine Schulter und erschrak zu Tode, als sich auf dem benachbarten Balkon ein Mann aus dem Liegestuhl erhob.

»Sie wollen ein Foto von mir?«, fragte er grinsend.

»Wer spricht denn da?«, rief Milla laut durch das Telefon.

»Sie dürfen meine Gespräche nicht abhören«, fuhr ich ihn unfreundlich an.

»Los, machen Sie ein Foto und schicken Sie es ihrer Freundin, ich bin auf ihr Urteil gespannt«, meinte er und stützte sich auf der kleinen Mauer ab, durch die unsere Balkons getrennt waren.

»Nein, das werde ich nicht tun.«

»Toni!«, hörte ich Milla rufen.

»Ich kann jetzt nicht. Ich rufe dich später zurück«, erklärte ich und beendete die Verbindung. Sofort klingelte es wieder, da schaltete ich das Gerät ganz aus.

Es war mir peinlich, dass der Mann aus dem Fahrstuhl mein Gespräch mitbekommen hatte.

»Woher wollen Sie überhaupt wissen, mit wem ich telefoniert habe? Es ist verboten, zu lauschen«, meinte ich voller Überzeugung.

»Ich hatte keine andere Wahl, Sie haben ja laut genug gesprochen, ich konnte gar nicht weghören. Ich denke mal nicht, dass es ihr Freund war«, erklärte er gelassen und nahm mir so den Wind aus den Segeln. »Sie finden mich also heiß? Aber Sie haben gelogen: Ich war gar nicht unfreundlich.«

»Dann schauen Sie also immer so grimmig drein?«, erwiderte ich und hob eine Augenbraue. Dieses Gespräch war mir wirklich peinlich. »Ich habe das alles nur gesagt, damit sich meine Freundinnen keine Sorgen machen. Darauf sollten Sie sich nichts einbilden. Ich muss jetzt los«, erklärte ich und ging zurück in mein Zimmer, schloss laut die Tür.

Wer konnte denn wissen, dass er genau das Zimmer diagonal zu meinem hatte? Die Balkons grenzten schräg aneinander, da sein Zimmer in einem Anbau etwas versetzt lag. So wohnten wir nicht Wand an Wand, aber unsere Loggias bildeten einen rechten Winkel.

Ein Glück, dass ich hier nur zwei Nächte verbringen würde. Ich machte mich schnell frisch, packte den Koffer aus, damit die Kleidung nicht knitterte, und zog ein schönes Kleid an, darüber eine kurze Strickweste. Bequeme Schuhe waren ein Muss. Ich hatte keine Lust, schmerzende Blasen an meinen Füßen pflegen zu müssen, daher hatte ich auf neue Schuhe verzichtet. Vielleicht würde ich mir schicke italienische Schuhe zulegen, die ich mit nach Frankfurt nehmen konnte.

Mein erstes Ziel war natürlich die Kathedrale, die direkt neben dem Hotel lag. Es war mittlerweile schon Nachmittag und ich wollte mich nicht zu weit vom Hotel wegbewegen. Es waren noch viele Touristen unterwegs, doch es war keine Hochsaison und die Straßen konnten sich schnell leeren.

Die Kathedrale Santa Maria Del Fiore war umwerfend. Ich stand vor dem Haupteingang und bestaunte sie, schoss ein paar Fotos, die ich später an die Mädels senden würde, dann hätten sie was zu schauen. Der Bau war gigantisch, wie ich feststellte, als ich an der Fassade hinaufblickte. Immerhin war es die viertgrößte Kirche Europas. Das Mosaik über dem Hauptportal war wunderschön. Ich war immer wieder beeindruckt, was Menschen in so frühen Jahren nur mit ihren Händen geschaffen hatten. Ich konnte mich gar nicht daran satt sehen.

»Wussten Sie, dass der Dom lange Zeit einen Giebel aus Backstein besaß und erst im 19. Jahrhundert die neugotische Fassade aus Marmor dem Campanile angepasst wurde?«

Ich drehte mich um und erkannte den Mann aus dem Fahrstuhl. Der schon wieder! »Verfolgen Sie mich?«, fragte ich erschrocken und auch ein wenig beleidigt.

»Wenn ich ehrlich bin, dann … ja. Ich möchte nicht, dass sie so ganz allein durch Florenz laufen. Nicht jedes freundliche Gesicht ist auch ehrlich«, gab er zu und lächelte charmant. »Ich habe mich noch gar nicht vorgestellt: Jannis Diamantis. Ich bin Grieche, lebe aber seit mehr als dreißig Jahren in Italien.« Er hielt mir die Hand entgegen. Es war als nette Geste gemeint und ich schüttelte sie kurz.

»Antonia Krämer, ich stamme aus Deutschland, aber das wissen Sie ja schon. Dann sind sie also als Säugling nach Florenz gekommen?«, fragte ich neugierig.

»Mit sieben Jahren, um genau zu sein.«

»Was tun Sie hier in Florenz?« Ich traute dem Mann nicht. Warum war er mir gefolgt?

Er hob die Schultern, schob seine Hände in die Hosentaschen. Im Gegensatz zu mir hatte er sich nicht umgezogen, trug immer noch das weiße Hemd, weit aufgeknöpft, und eine schwarze Leinenhose, Slipper in einem Sandton, ohne Strümpfe. Dabei sah er so frisch aus, als wäre er gerade erst in die Sachen gestiegen. »Geschäfte. Ich bleibe nur bis morgen. Da ich heute Abend frei habe, dachte ich, ich zeige Ihnen ein wenig die Stadt und wir gehen heute Abend zusammen etwas essen, als Dank für Ihre Hilfe im Aufzug.« Er sah mich mit seinen braunen Augen neugierig an.

Ich glaube, wenn ich ihn gebeten hätte, mich in Ruhe zu lassen, hätte er nur mit den Achseln gezuckt und wäre gegangen, doch ich tat es nicht. Er sah mir nicht nach einem Mann aus, der log, um was auch immer zu bekommen.

»Ich werde aber mein Essen selbst bezahlen«, forderte ich.

Jannis lachte. »Ich dachte eher, dass Sie mich einladen.«

»Warum sollte ich das tun?«

Er trat näher und beugte sich zu mir herunter. »Weil ich Ihnen Orte zeige, die nicht in ihrem Reiseführer stehen.« Er deutete auf das Buch, das ich mir in Frankfurt besorgt hatte, um mich ein wenig zu orientieren. Er nahm es mir aus der Hand und warf es in einen nahestehenden Papierkorb.

»Hey, der war teuer«, rief ich und wollte ihn wieder herausfischen.

»Lassen Sie das, den brauchen Sie nicht mehr, vertrauen Sie mir.« Er hielt meine Hand fest, mit einer sachten Geste, ohne übergriffig zu werden. »Wenn Sie nicht zufrieden sind, werde ich Ihnen morgen einen neuen Plan kaufen.« Er sah mich so selbstbewusst an, dass ich ihm vertraute. Obwohl es nicht meine Art war, fremden Männern einfach so zu folgen.

»Also los, dann werde ich Ihnen mal mein Vertrauen schenken, Jannis Diamantis – wenn das überhaupt Ihr richtiger Name ist.«

Er holte seine Brieftasche hervor und zeigte mir seinen Führerschein. »Es *ist* mein Name. Wenn wir einen schönen Tag verbringen wollen, sollten Sie aufhören, so misstrauisch zu sein.« Er grinste.

»Es liegt mir im Blut, dass ich vorsichtig bin«, erklärte ich und steuerte auf das Portal der Kathedrale zu.

Ihm blieb nichts anderes übrig, als mir zu folgen. Ich würde das volle Touristenprogramm abspulen.

»Wo laufen Sie hin?«, fragte er und folgte mir.

»Ich will mir das berühmte Gemälde von Michelino ansehen, in dem Dante seine Divina Commedia erklärt«, rief ich über meine Schulter.

»Das wollen doch alle Touristen sehen«, protestierte er lahm und holte mich ein. Ich hörte gar nicht mehr zu, sondern war fasziniert von dem Deckengemälde.

»Ich wollte, ich könnte näher heran«, murmelte ich ganz selbstvergessen.

»Ich könnte dich hochheben, nur denke ich, dass es nicht viel bringen wird.«

»Oh, bitte nicht. Willst du nicht draußen auf mich warten?«, fragte ich, ohne den Blick von der Decke zu nehmen.

»Okay, ich warte am Hauptportal auf dich.« Er machte sich auf den Weg zum Ausgang und ich war froh, dass Jannis nicht weiter meine Konzentration störte. Er hatte mich einfach geduzt und ich war darauf eingegangen. Er war nur ein wenig älter, wie mir schien, und es gab keinen Grund, so förmlich zu sein. Was er konnte, konnte ich schon lange.

3

Ich war froh, dass ich mir die Kathedrale alleine anschauen konnte. Jannis war ein Mann, der mich zu sehr ablenkte. Ich konzentrierte mich auf die Kuppel von Brunelleschi, überlegte dabei, wie ich wieder aus dieser Situation herauskam.

Nachdem ich fast eine Stunde in der Kathedrale verbracht hatte, war ich mir sicher, dass Jannis niemals so lange auf mich warten würde und nahm den seitlichen Ausgang.

»Wusste ich doch, dass du mich abhängen willst!« Jannis lehnte an der gegenüberliegenden Wand und aß in aller Ruhe ein Eis.

»Sagtest du nicht, du würdest hier warten?«, fragte ich scheinheilig und schenkte ihm ein Lächeln.

Er schob sich den Rest der Eiswaffel in den Mund und deutete in südliche Richtung. »Wie wäre es jetzt mit der Ponte Vecchio? Du scheinst mir eine Frau zu sein, die auf die ganz großen Sehenswürdigkeiten steht.«

»Warst du in einem früheren Leben vielleicht Stadtführer?«, fragte ich und schlenderte neben ihm her. Ich musste zugeben, dass ich froh war über ein wenig Gesellschaft. Vermutlich hätte ich mich allein niemals so weit vom Hotel entfernt.

»Was machst du beruflich?«, wollte er wissen, während wir uns einen Weg durch die engen Gassen zwischen den anderen Touristen bahnten.

»Ich bin Einkäuferin in einem Weingroßhandel und war beruflich schon in der Toskana, aber ich hatte nie Zeit für Sightseeing. Also habe ich mir eine Woche Urlaub dafür genommen.«

»Ganz allein? Hatte dein Freund oder Mann keine Zeit?«

Ich schüttelte den Kopf. »Es gibt niemanden. Ich lebe allein.« Vermutlich nicht die klügste Entscheidung, das einfach so herauszuposaunen. »Aber ich muss mich jeden Abend bei meinen Freundinnen melden. Wenn ich das nicht mache, werden sie alle Hebel in Bewegung setzen, um mich zu finden«, schob ich direkt hinterher.

Jannis sagte zunächst nichts dazu, sondern lächelte nur leicht. Er durchschaute mich. »Du brauchst keine Angst vor mir zu haben. Ich habe es nicht nötig, in einer dunklen Gasse über Frauen herzufallen. Wenn du möchtest, kannst du deinen Freundinnen mein Bild und meinen Namen weitergeben, um auf Nummer sicher zu gehen. Ich kann es sogar verstehen. Die Welt wird immer gefährlicher.« Er sagte es mit so einer Überzeugung, dass mir klar wurde, dass ich ihn mit meiner Äußerung beleidigt hatte.

Abrupt blieb ich stehen.

»Okay, ich werde ab sofort damit aufhören, dich für einen Serienmörder zu halten, und diese beiden Tage in Florenz genießen.«

Er sah mich ernst an. »Das ist eine gute Entscheidung, Antonia.«

»Toni«, erklärte ich. »Meine Freunde nennen mich alle Toni.«

»Mir gefällt Antonia besser. Dann wollen wir uns mal ins Getümmel stürzen.« Er nahm meine Hand in seine, damit wir uns im Gedränge nicht verloren. Seine Haut fühlte sich warm und weich an. Er hielt mich ganz locker, und je länger wir durch die Schmuckläden bummelten, umso vertrauter wurden wir. Es machte Spaß, mit Jannis die Auslagen zu bewundern.

»Möchtest du nicht ein Andenken kaufen?«, fragte er, als wir vor einem Schmuckhändler standen, der nicht nur Schmuck aus Gold, sondern auch aus Platin und Weißgold anbot.

»Und was ist mit dir?«, wollte ich wissen und blickte vielsagend auf seine Ketten, die er um den Hals trug. Ich sah, dass er einer langen Kette seine Aufmerksamkeit schenkte, die in sich gedreht war und an deren unteren Ende ein halbes Herz hing.

»Möchtest du sie mal anprobieren?«, schlug ich vor und zog ihn in den Laden.

Sofort war eine Verkäuferin bei uns und strahlte ihn regelrecht an. »Was darf ich Ihnen zeigen?«

Ich deutete auf die Kette, die in der Auslage im Fenster lag. »Wir hätten gerne dieses Schmuckstück einmal genauer angesehen«, erklärte ich in einwandfreiem Italienisch.

»Oh ja, die hat unser Goldschmied gerade erst angefertigt. Es gibt auch ein Gegenstück dazu. Wenn Sie einmal sehen wollen …« Die junge Frau legte beide Ketten vor uns ab. Vermutlich dachte sie, wir würden zusammengehören. Ich unterließ es aber, das aufzuklären. Es hätte nur weitere Fragen aufgeworfen. Es ging doch niemanden etwas an, dass wir uns eigentlich gar nicht kannten.

Jannis sah sich das Stück genau an, dann nickte er. »Was kosten beide Ketten zusammen?«, fragte er und begann, mit der Verkäuferin zu verhandeln. Am Ende bekam er das Gegenstück zum halben Preis.

»Du bist ein echter Händler, so wie du feilschst. Deine Freundin wird sich darüber sicherlich freuen.« Er hatte eine Halskette direkt umgelegt und die andere als Geschenk einpacken lassen. Ich nickte zustimmend. »Der Schmuck steht dir ausgezeichnet.«

»Danke«, meinte er ein wenig verlegen und strich über das halbe Herz, das leicht gewölbt und massiv war.

»Jetzt hast *du* aber nichts gekauft«, lenkte er von sich ab.

»Es kommen ja noch einige Läden – obwohl ich gerade ein Armband entdeckt habe, das mir sehr gefällt«, gab ich zu.

Das hätte ich lieber nicht sagen sollen, denn sofort machte Jannis auf dem Absatz kehrt und wir betraten erneut das Geschäft.

»Oh, da sind Sie ja wieder«, rief die Verkäuferin glücklich, sie witterte wohl einen weiteren guten Deal.

»Welches Band?«, fragte Jannis an mich gewandt.

Ich deutete auf eine Vitrine, in der ein Armband im Art-Deco-Stil ausgestellt war.

»Ah, das ist eines unserer schönsten Stücke. Es ist antik, aus den Zwanzigerjahren. Es wurde aus Silber gefertigt und hat in der Mitte einen rautenförmigen Aquamarin.« Die Verkäuferin holte das edle Stück hervor und legte es auf einem Samttablett vor mir ab.

Ehrfürchtig fuhr ich mit den Fingerspitzen darüber. Der Stein war glatt und hatte eine wunderschöne, kantige Form. Zu den Enden hin lief das Band schmal zu. Ich legte es über mein Handgelenk, und es passte genau, wie für mich gemacht.

»Es steht dir. Man könnte meinen, es hätte hier auf dich gewartet«, meinte Jannis leise.

Das war auch mein Gefühl. »Was kostet es?«, fragte ich.

Jannis hob seine Hand. »Die Frage ist doch, was wir zahlen müssen, nachdem wir schon zwei Stücke bei Ihnen gekauft haben«, mischte er sich ein.

Ich war ebenfalls im Verhandeln geübt, Jannis übertraf mich allerdings um Längen.

»Das Armband kostet dreihundert Euro, aber ich kann Ihnen zehn Prozent anbieten«, erklärte die junge Frau und blickte Jannis mit ihren braunen Augen begehrlich an.

»Ich denke, das können Sie besser«, meinte er mit seiner tiefen Stimme, die selbst mir eine Gänsehaut verpasste.

»Zweihundertfünf –«, setzte sie an, doch Jannis räusperte sich laut. »… zwanzig«, verbesserte sie sich.

Jannis nickte anerkennend, als müsste er dafür bezahlen.

»Danke, das ist ein fairer Preis. Bitte packen Sie es mir ein, aber nicht als Geschenk«, wies ich sie an.

Mit einem Lächeln auf dem Gesicht verließ ich den Juwelier. »Danke, Jannis, für diesen Rabatt.«

»Gern geschehen. Es gibt genug Touristen, die den vollen Preis bezahlen«, erklärte er. »So, und jetzt habe ich wirklich Hunger.«

»Ich überlasse dir die Wahl des Lokals, du scheinst dich hier ja bestens auszukennen.«

»Du vertraust mir?« Er sah mich an, und es war eher eine Feststellung, weniger eine Frage.

»Natürlich. Sehe ich etwa nicht so aus?«, fragte ich und lachte.

»Gut, dann komm. Ich hoffe, du bist gut zu Fuß.«

Ich blickte auf meine Sneakers und nickte.

Wir liefen stadteinwärts, und mittlerweile ging die Sonne unter. Sofort wurde es frisch, die Hitze des Tages verschwand so schnell, wie die Nacht sich über den Himmel legte. Die Sterne waren nirgendwo so nah wie hier in der Toskana.

»Was gibt es denn dort oben zu sehen?«, fragte Jannis und folgte meinem Blick.

»Die Sterne«, murmelte ich.

»Gibt es dort, wo du herkommst, keine?«

Ich musste lachen. »Doch, natürlich. Aber sie sind weiter weg, so scheint es mir zumindest.«

»Wo lebst du in Deutschland?«, wollte er wissen.

»In Frankfurt. Warum sprichst du so gut Deutsch?«

»Ich habe in Gießen Önologie studiert und dort einige Jahre gelebt. Später habe ich in Neustadt an der Weinstraße gearbeitet, bis ich zurück nach Italien ging.«

Überrascht blieb ich stehen. »Du bist Önologe? Deshalb die Weinflaschen!«, erinnerte ich mich.

Er hielt sich bedeckt, und ich wagte es nicht, weiter nachzubohren. Hatte ich vielleicht schon mal mit seinem Weingut zu tun gehabt? Ich musste mich zurückhalten. Das hier war doch Urlaub und ich wollte nicht an den Job denken.

»Darf ich fragen, wie alt du bist?« Er war schwer für mich einzuschätzen.

»Das fragt man einen Mann doch nicht«, scherzte er und verdrehte die Augen. »Sehe ich etwa nicht wie siebenunddreißig aus? Ich finde, es ist genau der richtige Jahrgang.«

Ich lachte über so viel Selbstbewusstsein. Er war nun mal ein gut aussehender Mann, und das wusste er.

»Und du?«, gab er den Ball zurück.

Ich verkniff es mir zu erwähnen, dass man eine Frau nicht nach ihrem Alter fragte, also sagte ich die Wahrheit: »Achtundzwanzig, gerade geworden. Also vor einem Monat.«

Jannis blieb stehen und sah mich an. »Alles Gute nachträglich. Dann bist du also Widder?«

Ich nickte.

»Deshalb passen wir so gut zusammen, ich bin Löwe«, erklärte er und hielt mir die Tür zu einem Lokal auf.

Ich hätte nicht gedacht, dass er ein Mann war, der sich mit Sternzeichen auskannte. »Hast du auch Astrologie studiert?«

»Nein, aber ich habe eine Astro-App.« Er zwinkerte mir zu.

»Ah, Jannis! Cosa fai a Firenze?«, rief ein Mann, der auf uns zu eilte und Jannis fest umarmte.

»Ich weiß, ich wollte heute eigentlich nach Hause fahren, aber ich habe es mir anders überlegt und bin einen Tag länger geblieben. Darf ich dir Antonia vorstellen? Sie ist eine deutsche Touristin. Antonia, das ist Roberto. Ihm gehört dieses Restaurant.«

»Ah, tedesca! Ciao Antonia. Piacere di conosverti.«

»Molte grazie, Roberto. Sie haben ein schönes Restaurant«, erklärte ich in einem fast akzentfreien Italienisch, und Roberto blickte mich überrascht an.

»Hast du einen Tisch für uns?«, fragte Jannis und sah sich suchend um. Das Restaurant war gerappelt voll.

»Aber natürlich. Unseren Familientisch kannst du haben. Er ist heute Abend frei.« Roberto ging voraus und führte uns zu einem Tisch im hinteren Teil des Gewölbes. Die Decke war recht niedrig. Oder kam es mir nur so vor, weil Jannis so groß war?

Wir setzten uns und Jannis bestellte schon mal eine Flasche Wein, während Roberto uns die Karten reichte. Er war ein Mann, den man nicht so schnell vergaß. Seine Arme waren übersät von silbernen Armreifen, die Hüfte schmückte eine Menge Gürtel mit Silberschnallen.

»Er sieht aus wie ein Rockstar«, flüsterte ich Jannis zu.

»Roberto hat viele berühmte Freunde, die man in den Medien findet. Alle kommen sie zu ihm zum Essen, wenn sie in Florenz sind.« Er deutete auf eine Wand, wo eine Menge Bilder hingen. Ich erkannte unter anderem Will Smith, John Malkovic und John Travolta.

»Wow!«, rief ich erstaunt. »Das ist sehr beeindruckend.«

»Darf ich euch überraschen?«, erkundigte sich Roberto.

Jannis sah mich fragend an. »Gibt es etwas, das du nicht verträgst oder magst?«

Ich schüttelte den Kopf. »Ich lasse mich gerne überraschen.«

Roberto nahm uns die Karten wieder ab. »Ich werde euch etwas Wunderbares in der Küche zaubern.«

Er machte sich auf den Weg, und ein Kellner kam, der Jannis ebenfalls freundlich begrüßte und ihm einen kleinen Schluck Wein eingoss. Erst als Jannis nickte, füllte er beide Gläser zur Hälfte und ließ die Flasche auf dem Tisch zurück.

»Probiere den Wein! Ich bin auf dein Urteil gespannt«, forderte Jannis mich auf.

Ich griff zum Glas und nahm das Bouquet auf. Er roch würzig nach Zimt und Trauben, aber da war noch etwas anderes, etwas Fruchtiges. Vielleicht Zitrone oder Orange? Langsam nahm ich einen Schluck, ließ den Tropfen einen Moment auf meine Zunge, um den Geschmack zu eruieren. »Muskateller kommt mir in den Sinn. Ich schmecke

Muskatnuss, Zitrone oder Grapefruit, Holunderblüte und …« Ich überlegte einen Moment. »Steinobst?«

Jannis sah mich an, als hätte er eine Erscheinung. »Das hast du alles herausgeschmeckt?« Er schien es nicht glauben zu können.

Ich hob die Schultern. »Ich bin für den Einkauf zuständig und gut in meinem Job. Von welchem Weingut kommt der Wein? Er schmeckt unglaublich fein und er gefällt mir sehr.« Ich griff nach der Flasche. »Fattoria Diamantis«, las ich vor und blickte Jannis an. »Es ist *dein* Wein? Du bist Winzer?«, rief ich erstaunt.

Jannis nickte. »Ja, es ist nur eine kleine Kellerei, aber sie gehört mir.« Ich hörte den Stolz in seiner Stimme.

»Wow, der Wein ist wirklich gut.« Ich nahm einen weiteren Schluck, als müsste ich mich davon überzeugen, dass ich mich nicht irrte. Nein, tat ich nicht. Der Wein schmeckte hervorragend.

»Ich freue mich, dass dir mein Wein gefällt. Es zeugt von deinem guten Geschmack.« Er lachte.

»Erzähl mir etwas über dein Weingut«, forderte ich ihn auf.

»Es ist in erster Linie eine Menge Arbeit. Mein Vater hat sich vor einiger Zeit zurückgezogen, doch ich lege viel Wert auf seine Meinung. Ich habe selten Zeit, mir eine Auszeit zu nehmen. Deshalb liefere ich an gute Freunde manchmal eine Bestellung selbst aus.«

Ich konnte gut nachvollziehen, was er erzählte. »Ah, deshalb bist du in Florenz, weil du Wein geliefert hast.« Das erklärte die Kisten im Aufzug.

Er nickte. »Ja, so ist es. Ich habe nicht viele Möglichkeiten, das Gut zu verlassen. Ein- bis zweimal im Jahr nehme ich mir zwei Tage frei.«

»Das ist wirklich nicht viel. Aber ich kenne die Situation der meisten Weinbauern. Es ist ein hartes Leben, für das man geschaffen sein muss. Dennoch finde ich es sehr interessant und ich glaube, es würde mich sehr viel Spaß machen«, überlegte ich.

»Auf einem Weingut zu arbeiten?«, fragte Jannis überrascht nach.

Ich hob die Schultern. »Ja, ich denke schon, auch wenn ich nicht genau weiß, was mich dort erwartet. Aber als Einkäuferin bekommt man immer ein wenig Einblick. Ich liebe Weine und den Handel damit.«

»Warum sind wir uns noch nie begegnet? Auf einer Messe oder an einem anderen Ort, wo es um Wein geht?« Jannis sah mich nachdenklich an.

Ja, das war wirklich eine gute Frage. Aber von seinem Weingut hatte ich noch nichts gehört. »Ich war bisher für den französischen Raum zuständig. Als mein Kollege neulich gekündigt hat, habe ich auch Italien übernommen, weil mein Chef zu geizig ist, einen neuen Mitarbeiter einzustellen. Ich war bisher erst einmal in der Toskana, für ganze zwei Tage zu einer Präsentation. Daher auch dieser Urlaub. Es wird eine Menge Arbeit auf mich zukommen, sobald ich wieder in Deutschland bin.«

»Das hört sich nicht sehr begeistert an.« Jannis trank einen Schluck, ließ mich dabei nicht aus den Augen.

»Das bin ich auch nicht. Ich stehe ständig mit meinem Chef auf Kriegsfuß, weil er so geizig ist. Der Betrieb könnte mehr abwerfen, wenn die Angestellten nicht ständig wechseln würden oder, wenn sie gehen, zumindest ersetzt werden würden.«

Ich schüttelte den Kopf, weil es müßig war, darüber zu diskutieren.

Das hatte ich mit meinem Chef schon zu Genüge getan, ohne dass es etwas genutzt hätte.

»Warum änderst du dein Leben nicht, wenn es dir nicht gefällt?«

Ja, das war die Frage aller Fragen. »Vermutlich, weil ich nicht mutig genug bin. Dieser Urlaub, ganz allein ohne Freundinnen, ist ein Anfang, couragierter zu handeln.«

Der Kellner servierte die Vorspeise, und ich verspürte großen Hunger. »Artischocken-Carpaccio mit Parmesan, Thunfischsud, dazu Brot mit Sardellenbutter.«

Die beiden Teller waren kunstvoll angerichtet und es sah köstlich aus. »Vielen Dank.« Ich lächelte dem Kellner zu, der sich mit einer Verbeugung verabschiedete.

Jannis schenkte mir ein wenig Wein nach.

Ich wünschte ihm einen »guten Appetit« und begann zu essen. Jannis hatte nicht gelogen. Das Gericht war so lecker, dass ich am liebsten den Teller abgeleckt hätte. So etwas hatte ich noch nie verkostet. »Mhm, das schmeckt ausgesprochen gut.«

Jannis stimmte mir zu. »Roberto ist ein wahrer Komponist, wenn es ums Kochen geht. Er schafft es, wie ein Dirigent alle Komponenten zusammenzuführen und etwas Wunderbares zu kreieren.«

Dem hatte ich nichts hinzuzufügen, Jannis traf es auf den Punkt. Ich fand es ungewöhnlich, wie er über ein Menü sprechen konnte, wie ein Künstler. Dieser Mann beeindruckte mich immer mehr.

Die Hauptspeise sah ähnlich überraschend aus. »Gnocchi mit Gorgonzola, Williamsbirne und Pistazien, mit einem Rinderfilet und Whisky-Soße.« Roberto sah uns aufmerksam an. »Probiert, meine Freunde.« Er hatte den Hauptgang persönlich an den Tisch gebracht und wartete darauf, dass wir zu essen begannen.

»Es sieht schon mal köstlich aus, Roberto«, lobte ich

den Teller, der zwar übersichtlich angeordnet, trotzdem großzügig gefüllt war.

Ich probierte zuerst die Gnocchi mit dem Gorgonzola und stöhnte leise auf, anschließend schnitt ich in das Fleisch, das butterzart war. Die Soße war ein Gedicht. »Roberto, das ist das Beste, was ich bisher gegessen habe«, stöhnte ich auf. Ich konnte gar nicht fassen, wie gut es schmeckte.

Auch Jannis hatte nur anerkennende Worte übrig, was Roberto zum Strahlen brachte. »Ich liebe es, wenn meine Gäste zufrieden sind.«

»Ich bin mehr als zufrieden«, gab ich zu. »Die Vorspeise war ebenfalls ein Gedicht, und ich dachte, das könnte man nicht übertreffen, aber das hier«, ich deutete auf den Teller, »kann man kaum in Worte fassen.«

Roberto lächelte. »Wenn du das Dessert siehst, wirst du mich heiraten wollen«, erklärte er und ging wieder in die Küche.

»Keine Angst. Roberto ist verheiratet und hat drei Kinder, die irgendwann sein Restaurant übernehmen werden. Sie stehen in der Küche und schwitzen, während er nur die Anweisungen gibt«, klärte Jannis mich auf und lachte. »Aber er ist ein hervorragender Koch und guter Freund.«

»Nun, er trägt die Verantwortung, die wiegt manchmal schwerer als die eigentliche Arbeit.«

Er sah mich nachdenklich an, dann stimmte er mir zu. »Du hast so was von Recht, Antonia Krämer.«

4

Das Dessert war am Ende, wie schon versprochen, die Krönung. Es gab hausgemachtes Vanilleeis mit Honig, Himbeeren und Preiselbeerflambées. Es zerging auf der Zunge, und Jannis beobachtete mich genau. Es schmeckte einfach so gut, dass ich jeden Bissen genoss und es auch zeigte.

»Du bist eine sehr sinnliche Frau«, stellte er fest.

So hatte ich mich bisher nie gesehen. »Ich genieße gerne«, gab ich zu.

»Möchtest du noch Wein?«, fragte er und hob die Flasche, die fast leer war.

»Nein, danke. Ich hatte genug für heute. Schließlich muss ich noch mein Zimmer wiederfinden.« Ich hielt eine Hand über mein Glas. So goss er den kleinen Rest in seines und trank es aus. »Wollen wir gehen?«, fragte er und winkte Roberto zu sich.

»Setz das Essen bitte auf die Rechnung«, meinte Jannis zu ihm.

Sofort meldete ich mich zu Wort. »Nein, bitte nicht. Ich übernehme die Rechnung.«

»Das kommt gar nicht infrage.« Jannis schüttelte bestimmt den Kopf.

»Ihr solltet nicht streiten, nicht über so etwas. Ihr seid natürlich heute Abend meine Gäste. Wer am Familientisch sitzt, bezahlt nicht. Basta!«, erklärte Roberto und damit war für ihn die Diskussion beendet. Er sagte es so entschlossen, dass ich nicht wagte, einen weiteren Einwand vorzubringen und auch Jannis verstummte.

»Dann danke ich dir sehr, Roberto. Es war wirklich ein Erlebnis, das ich nicht so schnell vergessen werde.« Wir hatten uns bereits erhoben, um uns zu verabschieden.

»Komm jederzeit wieder, du bist immer willkommen, egal wie voll der Laden ist«, erklärte Roberto und küsste mich auf beide Wangen.

»Ich danke dir und werde wiederkommen, das verspreche ich.« Ich strahlte ihn an.

»Mein Freund, wir sehen uns bald wieder.« Jannis umarmte Roberto, und er brachte uns noch zur Tür. Das Lokal war voll und immer noch standen Leute an, die auf einen Tisch warteten.

»Kein Wunder, dass es hier so voll ist bei diesen Köstlichkeiten«, meinte ich, als wir die Gasse entlang gingen.

»Ja, ich esse gerne dort, es ist fast wie Familie«, sagte Jannis und atmete die frische Luft tief ein.

Es war kühler geworden und ich rieb über meine Arme, denn trotz Strickjacke war mir kalt.

»Es ist ganz schön frisch.« Jannis trug selbst keine Jacke, so legte er mir den Arm um die Schultern und zog mich an seine Brust, die erstaunlich warm war. Sein Herz schlug kräftig. Eng aneinandergepresst liefen wir langsam Richtung Hotel. Wir hatten es beide nicht eilig. Ich wollte nicht, dass dieser schöne Abend schon zu Ende war.

Von irgendwo her hörte man leise Musik, die unsere

Aufmerksamkeit auf sich zog. Es war ein Akkordeon, das eine traurige Melodie spielte. Ich blieb stehen und horchte.

»Was ist los?«, wollte Jannis wissen. Um uns herum gab es eine Menge Geräusche. Autos hupten, Menschen riefen oder unterhielten sich. Selbst Kinder waren noch auf der Straße, obwohl es auf halb elf zuging. Aber diese Musik stach aus den Lauten hervor.

»Hörst du das? Die Musik? Wo kommt die her?«

Jannis dirigierte mich in eine Seitenstraße, die im Dunkeln lag, weil dort keine Laterne brannte.

»Wo bringst du mich hin?«, fragte ich ein wenig ängstlich.

»Du wolltest mir doch vertrauen«, raunte er mir zu und lächelte.

»Sagte der Wolf zu dem Lamm, bevor er es fraß«, knurrte ich.

»Ich habe schon gegessen. Außerdem bin ich kein Wolf«, erklärte er mir.

»So? Was bist du dann? Ein Löwe?«

Er überlegte kurz. »Wohl eher ein Panther. Hast du noch Lust auf einen Drink?«

Wir blieben vor einem Lokal stehen, aus dem die Musik nun deutlich zu hören war.

»Okay, einen kleinen Drink können wir noch nehmen«, entschied ich und erinnerte mich daran, dass ich ihm vertrauen wollte.

Er hielt mir die Tür auf und wir stiegen eine Treppe hinunter. Ich war mir nicht sicher, ob das eine gute Idee war, doch bevor ich meine Bedenken äußern konnte, betraten wir eine Bar, in der es kaum heller war als die Nacht. Es gab nur kleine Lampen mit roten Schirmchen, die ein diffuses Licht spendeten. Die Bar war gefüllt und nachdem meine Augen sich an die Beleuchtung gewöhnt hatten, erkannte ich eine kleine Bühne, auf der ein Trio stand und spielte. Davor gab es eine Tanzfläche, die kaum größer war als die Empore, auf der sich einige Paare zur Musik bewegten. Die Tische waren alle besetzt, aber an der Bar wurden gerade zwei Hocker frei, und wir setzten uns.

»Was trinkst du?«

»Ich nehme einen ›Sex on the beach‹.« Ich mochte den Geschmack von Pfirsichlikör mit Cranberry- und Orangensaft mit Wodka. »Aber bitte nur einen kleinen Schuss Alkohol.«

»Sie haben die Lady gehört«, sagte Jannis zu dem Barkeeper, der nickte. »Und ich nehme einen ›Ramazotti Sour‹.«

Wenig später standen die Gläser vor uns auf dem Tresen und Jannis reichte dem jungen Mann einen Geldschein. »Stimmt so.« Der Barkeeper nickte dankend.

Wir lauschten der Musik. Die Drei-Mann-Band war klasse. Es gab einen Akkordeonspieler, einen Kontrabass und einen Schlagzeuger. Ihr Spiel war ungewohnt, zog einen magisch in ihren Bann. Ich konnte kaum stillsitzen auf dem Barhocker, obwohl die Musik relativ langsam war.

»Das ist ein Tango. Kannst du das tanzen?«, fragte Jannis, der sich zu mir beugte.

Im ersten Moment war ich gewillt, ihn anzulügen, doch ich war kein unehrlicher Mensch. »Ja, ich war vor hundert Jahren mal in einer Tanzschule und habe auch Tango gelernt, aber glaube mir, davon ist nichts mehr übrig.« Das kam der Wahrheit schon ziemlich nah.

»Tanzen ist wie Radfahren, das verlernt man nicht.« Er nahm meine Hand und zog mich von dem Hocker.

»Was machst du? Nein, ich kann nicht tanzen«, flüsterte ich ihm zu, doch er beachtete mich gar nicht. Auf der

Tanzfläche, die nicht gerade groß war, nahm er mich in die Arme und sah mir tief in die Augen.

»Du kannst das«, sagte er und ich spürte, wie seine Stimme vibrierte. Wie durch ein Wunder erinnerte ich mich an die Grundschritte eines Tango Argentinos. Die Kachel kam mir in den Sinn und ich tanzte mit Jannis die sechs Schritte, was ein Lächeln auf seine Lippen zauberte. »Ich sag es doch.« Er zog mich näher an seinen Körper, ohne aufdringlich zu wirken.

Ich legte einen Arm in seinen Nacken, was mich seiner nackten Brust näherbrachte. Ich schaute hoch und so traf mich der Blick aus seinen braunen Augen, der mich bannte. Die Tanzhaltung sollte eben einer zärtlichen Umarmung gleichen. Ich konzentrierte mich darauf, auf jeden Schlag der Musik einen Schritt folgen zu lassen.

»Du bist ganz angespannt. Lass dich gehen, ich führe dich«, raunte Jannis mir zu.

Er hatte gut reden! Wie sollte ich mich entspannen, wenn er mich in den Armen hielt? Ich schloss die Augen und ließ die Musik auf mich wirken. Ich nahm den Rhythmus auf, wiegte mich mit Jannis hin und her, dann baute er eine Drehung mit ein. Er war ein hervorragender Tänzer, denn er führte ausgezeichnet. Man spürte sofort, in welche Richtung es ging. Meine Schritte passten sich automatisch an seine an. Es war, als wären wir eine Person. Wir wurden zu einer Einheit, bewegten uns auf kleinstem Raum, mehr brauchten wir nicht. Auf einen Wiegeschritt folgten einige Ochos, ein paar Drehungen, die nur ich als Frau vollführte, während Jannis mich hielt. Er sah so heiß dabei aus, wie er mich anblickte, dass meine Hände zu schwitzen begannen. Auch das noch!

Ich versuchte, es zu ignorieren, und tanzte einfach weiter. Bewegte meine Hüften, während wir auf der Stelle verblieben, spielte mit einem Bein, ließ es an Jannis Wade hoch- und runterfahren. Wir drehten uns auf der Stelle, während unsere Beine kunstvolle Schwünge ausführten. Er legte einen Arm um meine Hüften, hob mich in die Höhe, während ich in der Luft weiterlief. Seine Hand schien sich durch den Stoff zu brennen und direkt auf meiner Haut zu liegen. Jede Nuance spürte ich, jede Berührung seines Fingerspiels, als würde ich keine Kleidung am Körper tragen. Ich atmete tief ein, weil ich es zwischendurch gänzlich vergaß. Mir wurde langsam schwindelig. Das Blut rauschte durch meine Adern, ein schnelles Stakkato im Gleichklang mit unseren Bewegungen.

Das hier war purer Sex, nur dass wir noch unsere Kleidung trugen. Jannis sah mich die ganze Zeit an, und ich konnte meinen Blick nicht abwenden, es war einfach nicht möglich. Ich war vollkommen auf ihn fixiert. Weit lehnte ich mich zurück, streckte mein Bein fast senkrecht in die Höhe, mit der Gewissheit, dass Jannis mich wieder aufrichten würde. Er gab mir Halt und würde mich nicht fallen lassen. Dann drehten wir beide uns um unsere eigene Achse, ließen unsere Beine überkreuzen. Langsam wurde der Rhythmus des Liedes schneller, und wir bewegten uns entsprechend. Als die Musik endete, hob er mich hoch und ließ mich an seinem vorgestellten Bein langsam zu Boden gleiten. Erst als die Musik verstummte, konnte ich wieder richtig durchatmen.

Mir war gar nicht aufgefallen, dass die anderen Paare aufgehört hatten zu tanzen und uns zugesehen hatten. Erst als sie nun laut applaudierten, fand ich wieder in diese Bar in Florenz zurück. Jannis reichte mir die Hand, um mir auf die Beine zu helfen, und küsste meine Wange.

»Das war … berauschend«, flüsterte er mir zu. Ich war

noch immer so befangen, dass ich nur nickte. Befangen von der Magie des Augenblicks, von Jannis Präsenz und der Musik, die noch in mir nachklang.

Die Band stimmte ein weiteres Lied an und die anderen Paare tanzten weiter, doch ich hatte genug. Mein Atem ging so schnell, als wäre ich einen Marathon gelaufen. Ich trank einen Schluck von meinem Cocktail und schaute den anderen Paaren zu. Ich schaffte es nicht, Jannis in die Augen zu sehen. Dieser Tanz war so intim gewesen, dass ich Angst bekam – vor was auch immer. Vermutlich hatte ich Angst, dass er erkannte, was unser Tanz in mir ausgelöst hatte.

»Wollen wir gehen?«, fragte Jannis mich und endlich sah ich zu ihm hinüber, nickte nur.

Mein Mund war so trocken, dass ich nicht zu sprechen wagte. Mit der Zunge fuhr ich über die Lippen, um sie etwas zu befeuchten.

Er nahm meine Hand und führte mich hinaus. Die Nachtluft brachte kaum Abkühlung, obwohl es überraschend kalt war. Doch ich war so erhitzt, als käme ich geradewegs aus der Hölle. Hand in Hand schlenderten wir durch die Gassen.

Ich hatte keine Ahnung mehr, wo wir uns befanden, hatte komplett die Orientierung verloren. Aber ich vertraute Jannis, dass er mich zum Hotel bringen würde. Wir gingen schweigend nebeneinander her, nur verbunden durch unsere Hände. Er war ein sehr gefühlsbetonter Mensch, brauchte den körperlichen Kontakt, wie mir schien. Nach langer Zeit wünschte ich mir, wieder eine Beziehung führen zu können. Ich spürte plötzlich eine Art Einsamkeit, die sich langsam in mein Leben geschlichen hatte, was ich mir bisher nicht bewusst gewesen war. Leise seufzte ich.

»Was ist los, Antonia?«, fragte Jannis, ohne mich anzusehen. Er betonte meinen Namen auf seine sehr intensive Weise, und es gefiel mir. Ich wollte für ihn nicht die lustige Toni sein, die für alle immer nur die nette Freundin von nebenan war. Nein, ich wollte mehr. Keine Ahnung, was genau, aber eben mehr. »Es war so ein schöner Tag und ein noch schönerer Abend.«

Er blickte in den Himmel. »Und eine wunderschöne Nacht. Manchmal wünschte ich mir, man könnte solche Momente festhalten und nicht mehr loslassen. Dass sich die Welt dann einfach nicht mehr weiterdrehen würde, um diesen schönen Moment immer wieder zu erleben. Gefangen in dem Zauber des Augenblicks.«

Ich hätte ihm stundenlang zuhören können. Wenn Jannis sprach, hörte es sich so poetisch an. »Das ist eine reizvolle Vorstellung.« Ich kramte mein Handy aus meiner Tasche. »Darf ich ein Foto von uns machen? Nur so als Erinnerung?« Ich lachte, weil ich zu viel getrunken hatte, ein Tangotanz mir den Kopf verdreht hatte und der Mann an meiner Seite mich glücklich machte.

»Klar, aber nur, wenn du es deiner Freundin schickst. Die wollte doch ein Foto von mir.« Er grinste und hatte ja keine Ahnung, dass es insgesamt drei Freundinnen gab, die es sehen würden.

Er nahm mir das Smartphone aus der Hand, weil er die längeren Arme hatte, und machte ein Foto von uns. Es war ein schönes Foto, wir sahen beide irgendwie glücklich aus. Im Hintergrund ragte die beleuchtete Kathedrale in den Sternennachthimmel. Man könnte meinen, es wäre eine Montage, so kitschig wirkte es. Ich speicherte es sofort als neues Hintergrundbild ab. Es würde mich immer an diesen herrlichen Abend erinnern, wenn ich wieder an einem regnerischen Tag in Frankfurt an meinem Schreibtisch saß.

Als wir um die Ecke bogen, standen wir wie von Zauberhand vor dem Hotel. Dieser aufregende Tag war nun vorbei. Wie alles hatte auch er ein Ende. Wir betraten den Aufzug, der bereits im Erdgeschoss wartete, und fuhren hinauf. Er brauchte einige Zeit, weil er eben nicht mehr der Jüngste war. Obwohl wir diesmal kein Gepäck dabeihatten, standen wir dicht nebeneinander. Es knarrte und knackte und Jannis legte eine Hand auf meine Hüfte, als wollte er mich beschützen.

»Was haben solche Aufzüge nur an sich?«, fragte Jannis und sah auf mich hinunter.

»Es ist dieser geschützte Raum, der Nähe vermittelt«, startete ich einem Erklärungsversuch.

»Ja, schon möglich«, sagte er, beugte sich hinunter und küsste mich. Nicht wie nach unserem Tanz auf die Wange, sondern direkt auf die Lippen. Er legte einen Arm um meine Hüften, ganz locker, sodass ich mich jederzeit aus dieser Umarmung drehen konnte, wenn es mir zu viel wurde.

Der Fahrstuhl kam rumpelnd zum Stehen. Wir hatten die vierte Etage erreicht und die Tür öffnete sich. Jannis ließ mir den Vortritt und ich ging in Richtung meines Zimmers. Er folgte mir, weil seine Zimmertür direkt um die Ecke lag.

»Danke, Jannis, das war einfach … unvergesslich.«

Er hob die Hand und schob mir eine blonde Strähne aus dem Gesicht. »Ja, das war es. Ich wünsche dir noch einen schönen Urlaub. Dieser Tag heute mit dir war etwas Besonderes, auch für mich.« Er beugte sich hinunter und gab mir einen Kuss auf die Wange. Er fühlte sich anders an als der Kuss im Fahrstuhl. Nicht mehr so intim, der geschützte Raum war nicht mehr vorhanden. Das war ein Abschied. »Mach es gut, Antonia.«

»Danke, Jannis. Ich wünsche dir viel Glück.« Ich die Tür und drehte mich zu ihm um, da sah ich, wie er bereits um die Ecke des Flurs bog.

»Mach es auch gut«, flüsterte ich und betrat mein Zimmer. So stand ich eine Weile im Dunklen, fühlte das Kribbeln auf meiner Haut und eine gewisse Traurigkeit in mir aufsteigen. Leider stand die Welt nun mal nicht still. Sie drehte sich immer weiter, auch wenn man sie gerne angehalten hätte. Dieser Moment wäre es wert gewesen.

5

Es gab keinen Grund, traurig zu sein. Was hatte ich denn erwartet? Ich wusste nicht einmal, ob Jannis liiert oder verheiratet war. Er trug einen Ring, wie mir aufgefallen war, doch das musste ja nichts heißen. Lachend schüttelte ich den Kopf. Warum machte ich mir darum eigentlich Gedanken? Ich schaltete das Licht an und zog die Strickjacke aus, streifte die Schuhe ab. Nun schmerzten meine Füße doch. Ich war es nicht gewohnt, den ganzen Tag auf den Beinen zu sein. Dennoch bereute ich nichts.

Ich wagte mich nicht auf den Balkon hinaus, weil ich Angst hatte, dort Jannis zu begegnen. Ein weiterer Abschied würde mir nur noch mehr wehtun.

Ein Klopfen an der Tür ließ mich zusammenzucken.

»Antonia, ich bin es, Jannis.« Ich hörte seine Stimme durch die Tür hindurch.

Einen Spalt breit öffnete ich und blickte auf den Gang hinaus. Dort stand Jannis auf nackten Füßen mit zwei Gläsern und einer Flasche Wein in den Händen. »Wie wäre es mit einem Schluck zum Abschied?« Er hob die Flasche in die Höhe.

Ich zögerte nicht einmal, hielt ihm die Tür auf und ließ ihn ins Zimmer. Er sah sich kurz um.

»Sehr hübsch. Darf ich mich auf das Bett setzen?«, fragte er und ich nickte, ließ mich neben ihm nieder, während er die beiden Gläser befüllte. Er hatte die Flasche schon in seinem Zimmer entkorkt. Er reichte mir einen der Kelche mit Rotwein. »Sag mir, was du schmeckst«, forderte er mich auf und sah mich abwartend an.

Ich probierte einen Schluck. Ließ den Wein in meinem Mund wandern, damit die Geschmacksknospen ihre Arbeit aufnahmen. Ich schloss für einen Moment die Augen, um mich zu konzentrieren. Dann schluckte ich. »Er hat eine besondere Dichte. Ich schmecke Brombeeren oder Blaubeeren. Eine leichte Tabaknote und Kakaobohne. Die Rebsorte ist schwierig, vielleicht Nero di Troia?« Ich sah ihn fragend an.

»Cannonau«, berichtigte er mich. »Und wie gefällt er dir?«

»Er schmeckt sehr gut. Ich könnte ihn mir zu Wild gut vorstellen. Zu dunkler Schokolade oder … zum Abschied.« Ich trank mit einem Schluck.

Jannis nahm mir das Glas ab und trank seinen Wein ebenfalls aus. Er stellte beide Kelche zur Seite und sah mich an. »Entweder ich gehe jetzt oder ich bleibe die ganze Nacht hier. Es ist deine Entscheidung.« Er sah mich an, jederzeit bereit, mein Zimmer wieder zu verlassen.

Er würde wortlos gehen, da war ich mir sicher. Ich schüttelte den Kopf. »Nein, nicht meine Entscheidung, sondern unsere gemeinsame«, sagte ich leise.

»Wenn ich mich nicht schon entschieden hätte, wäre

ich nicht an deiner Tür aufgetaucht. Ich gebe zu, ich habe einen Moment gezögert.«

Das war eine logische Schlussfolgerung.

»Und wenn ich nicht auf mehr gehofft hätte, wäre die Tür gar nicht erst aufgegangen«, erklärte ich und lächelte verlegen.

»Na, dann sind wir uns ja einig.« Jannis erhob sich und im ersten Moment dachte ich, er würde gehen, doch er schaltete nur das Licht aus und begann, sich auszuziehen. Er streifte das Hemd ab und die Hose. Dann kam er zu mir und stellte mich auf die Beine, um den Reißverschluss an meinem Kleid zu öffnen und es mir von den Schultern zu streifen. Es fiel zu Boden und er hob es auf, legte es zur Seite.

»Du bist so schön, Antonia. Deine blauen Augen haben mich sofort in ihren Bann gezogen.« Er strich mir eine blonde Strähne aus dem Gesicht und löste das Gummiband aus seinem schwarzen Haar. Es war kürzer, als ich erwartet hatte. Nur kinnlang, sodass es gerade reichte, um einen Man Bun zu fixieren.

Ich berührte sein Kinn, auf dem die Bartstoppeln des Tages zu sehen waren.

»Ich müsste mich mal wieder rasieren«, meinte er, doch ich schüttelte den Kopf.

»Nein, ich mag es genauso, wie es ist.«

Er nickte zustimmend. »Dann lass ich es.«

»Sag mal, Jannis: Bist du eigentlich liiert?« Die Frage rutschte mir einfach so heraus, dabei war die Antwort wichtig. Wir waren an einem Punkt angekommen, an dem es kein Zurück mehr gab, doch seine Erwiderung konnte alles ändern.

»Ist das wichtig?«, fragte er.

Ich hatte mit einem klaren Nein gerechnet und nun

machte es mir etwas aus, dass die Auskunft nicht meinen Erwartungen entsprach. Verlegen wollte ich mich abwenden, doch Jannis hielt mich auf. »Glaubst du, ich wäre hier aufgekreuzt, wenn ich gebunden wäre? So ein Mann bin ich nicht.«

Okay, das reichte mir, obwohl die meisten Männer, die mir gefielen, vergeben waren. Wie konnte ein Mann wie Jannis nicht gebunden sein? Ich verstand die Welt nicht mehr, aber es war mir im Moment egal. Ich warf diesen Gedanken zur Seite, er war nicht mehr wichtig. Dafür wurde meine Aufmerksamkeit von diesem schönen und starken Mann deutlich eingenommen und ließ meinen Herzschlag laut pochen.

»Ich weiß nicht, was ich denken soll«, gab ich zu und sah zu ihm auf.

»Was hältst du von der Idee, dass du gar nicht denkst und einfach nur noch fühlst?«

Ich schluckte hart, nickte langsam. Sein Blick ruhte mit einer Beständigkeit auf mir, dass es auf meiner Haut kribbelte.

»Ich möchte nicht, dass du denkst, du musst das hier tun. Wann immer du aussteigen willst, reicht ein Wort von dir.«

»Das ist gut zu wissen«, erklärte ich mit fester Stimme, »aber es ist genau das, was ich will.«

Jannis sagte nichts dazu, sondern schloss mich in seine Arme, zog mich fest an seine Brust. Ich spürte, dass er genauso aufgeregt war wie ich. Sein Herzschlag war stark und schnell.

»Du vertraust mir, und ich danke dir dafür.« Er küsste mich und ich genoss seine Nähe, die Wärme seiner Haut und das gefühlvolle Streicheln seiner Finger. Er öffnete den Verschluss meines BHs und warf ihn achtlos zur Seite. Dabei war es mein bestes Stück.

Es dauerte nicht lange, da lagen wir im Bett und Jannis verwöhnte mich mit seinen Lippen und Händen. »Beweg dich nicht«, forderte er, dabei wollte ich ihn ebenso spüren. Es fiel mir ungemein schwer, ihn nicht zu berühren. Seine Haut war so samtig und gebräunt. Ich hatte noch nie einen schöneren Mann gesehen.

»Gefällt es dir?«, raunte er mir zu, als er sich vorsichtig über mich schob und sich auf den Ellenbogen abstützte. Er blickte mir tief in die Augen. Es brannte kein Licht, aber der Mond schien in das Zimmer und erhellte den Raum.

»Ich kann nicht glauben, dass ich das hier tue«, gab ich ehrlich zu. »So mutig bin ich sonst nicht. Ich schlafe nicht wahllos mit Männern, die ich nicht einmal vierundzwanzig Stunden kenne.«

Ein sanftes Lächeln glitt über seine Züge. »Na, das will ich doch hoffen«, murmelte er und verschloss meinen Mund mit einem heißen Kuss. Seine Zunge bahnte sich einen Weg zwischen meine Lippen, eroberte mich, sodass ich restlos kapitulierte. Er schmeckte so verwegen nach Wein, Mann und einem großen Abenteuer.

Meine Arme schlossen sich um seinen Hals und endlich konnte ich ihn auch berühren. Ich fuhr mit den Fingerspitzen die Konturen seiner muskulösen Oberarme nach, weiter seine Rippen entlang und erreichte seinen Po. Als er langsam in mich eindrang, bewegten wir uns im Gleichklang. Diese Verbundenheit hatte ich noch nie mit einem Mann gespürt, nicht, wenn ich mit jemandem geschlafen hatte. Ich bekam nicht genug von ihm. In diesem Augenblick war ich mir sicher, dass man sehr wohl die Zeit anhalten konnte.

»Das ist Wahnsinn«, murmelte ich.

»Non ci piove«, knurrte er und küsste meinen Hals.

Und wie ich mich darauf verließ! Immer weiter trieb er mich dem Himmel entgegen und als ich kam, ließ ich mich einfach fallen. Mir war klar, dass Jannis mich auffangen würde. Er war mein sicherer Hafen, mein Halt, meine Welt. In diesem Moment stand alles still.

Er bäumte sich auf und stieß einen unterdrückten Schrei aus, danach warf er sich auf den Rücken und atmete stoßweise. Er brauchte eine Sekunde, dann zog er mich an sich, sodass ich der Länge nach auf seinem Körper zu liegen kam.

Wir atmeten beide in einem schnellen Stakkato, nur langsam beruhigten wir uns.

Er strich mir über das Haar. »Ich glaube, ich werde alt«, murmelte er und lachte leise.

»So alt bist du gar nicht.«

»Immerhin neun Jahre älter als du.« Er hatte also nachgerechnet.

Ich fragte nicht, ob es ihn störte, denn wir würden uns eh nicht mehr wiedersehen. Es war nicht von Belang. »Dafür hat es sich sehr gut angefühlt«, urteile ich daher.

Er nickte. »Das kann ich nur bestätigen.«

»Möchtest du etwas trinken?«

Jannis nickte und ich setzte mich auf, nahm die beiden Gläser vom Nachttisch und reichte eines an ihn weiter.

»Auf einen wunderbaren Urlaub! Möge er noch so kurz sein«, sagte ich und er stieß mit mir an.

»Ich wünschte, ich hätte mehr Zeit, die ich in Florenz verbringen könnte.« Er sah mich an und sprach das aus, was ich dachte. Doch manchmal war das Schicksal erbarmungslos.

Langsam wurde es kalt und Jannis breitete die Bettdecke über unsere Körper aus, zog mich in seinen Arm.

»Wie sieht dein Leben in Frankfurt aus?«, fragte er in die Stille hinein.

»Außer Arbeit gibt es noch drei Freundinnen, mit denen ich mich einmal im Monat treffe. Meine letzte Beziehung liegt schon lange zurück, sodass sie nicht mehr wichtig ist. Sie ging in die Brüche, weil wir beide zu wenig Zeit für eine Beziehung hatten. Er arbeitet an der Börse, ist viel im Ausland unterwegs. Wir haben uns kaum gesehen. Wenn er nach Hause kam, ging ich zur Arbeit, so war das oft. Wir haben uns im Guten getrennt. Keine Tränen, kein Drama. Zurück blieb nur eine Leere, die er nicht ausfüllen konnte.«

»Aber es ist nicht schön, einsam zu sein«, meinte Jannis nachdenklich.

»Ich bin nicht einsam. Allein, ja. Und ich wünschte mir manchmal, dass es anders wäre, doch ich würde niemals eine Beziehung eingehen, nur um nicht wieder allein zu sein. Das ist mir zu wenig. Ich bin eben romantisch und glaube an die große Liebe.« Ich lachte verlegen.

Zärtlich strich er mir über einen Arm. »Was erwartest du von einer Partnerschaft?«

»Puh, so genau habe ich nicht darüber nachgedacht. Ich meine, es gibt keine Liste, die ich abhake. Aber man sollte Zeit füreinander haben, die gleichen Ziele im Leben. Eine harmonische Beziehung wäre schön. Ich glaube daran, dass man erkennt, wenn man den richtigen Partner trifft.« Genau dieses Gefühl hatte ich bei Jannis, aber das konnte ich ihm unmöglich sagen, das würde diese Nacht kaputtmachen. Wir kannten uns nur wenige Stunden und der Alltag sah oft ganz anders aus.

»Unser Tanz war wunderbar. Ich habe lange nicht mehr getanzt und du fühltest dich in meinen Armen an, als würdest du dort hingehören.«

Seine Worte bohrten sich in mein Herz und machten es sich dort so richtig gemütlich. »Ja, so war es. Aber du solltest so etwas nicht sagen. Es führt dazu, dass ich dich nicht mehr gehen lassen möchte.« Ich drehte mich auf den Bauch und sah zu ihm auf.

»Vielleicht will ich ja genau das«, sagte er und strich meinen Rücken entlang. »Aber eventuell will ich dich auch nur glücklich machen.«

Ich lächelte selig. »Genau das tust du in diesem Augenblick. Ich glaube, ich war noch nie so glücklich wie in diesem Moment, Jannis. Hier mit dir. Auch wenn ich weiß, dass die Welt sich irgendwann weiterdrehen wird.«

6

Die Sonne kitzelte mein Gesicht. Ich versuchte, sie wegzuwischen, aber es funktionierte nicht. Warum hatte ich nicht die Fensterläden geschlossen oder zumindest die Vorhänge? Ich legte einen Arm über meine Augen und nur langsam wurde ich wach. Plötzlich kehrten die Erinnerungen an die letzte Nacht zurück. Das Gesicht von Jannis stand mir vor Augen, wie er sich herunterbeugte und mich küsste.

Jannis!

Ich drehte mich zur Seite, doch das Bett war leer. Aus dem angrenzenden Bad waren keine Geräusche zu hören. Ich warf einen Blick auf mein Handy, es war bereits halb elf.

»Oh mein Gott!«, stöhnte ich auf. Wie hatte ich so lange schlafen können? Ich musste mich beeilen, damit ich noch etwas zu essen bekam. Doch das würde ich nicht schaffen, also bestellte ich mir es mir aufs Zimmer, dann duschte ich schnell. Kaum war ich angezogen und hatte mein Haar geföhnt, klopfte es an der Tür. In der Hoffnung, dass es

Jannis war, öffnete ich, doch es war nur die Dame vom Zimmerservice, die mir das Frühstück brachte. Ich reichte ihr ein Trinkgeld und nahm den Wagen entgegen.

Mein Hunger war riesig. Ich hatte mir Käse, Toast, Tomaten mit Mozzarella, ein Müsli und eine Kanne Kaffee bestellt. Irgendwie musste ich meinen Kreislauf auf Trab bringen.

Ich setzte mich mit einem Teller und einer Tasse Kaffee auf den Balkon. Die Tür zu Jannis Zimmer war geschlossen, der Fensterladen zugeklappt. Vermutlich hatte er auch verschlafen. Ich genoss das Frühstück, das so gut schmeckte. Die Stimmen von der Straße hallten bis in die vierte Etage hinauf. Das Wetter war freundlich. Angenehme achtzehn Grad zeigte mein Handy an. Ich ließ mir die warme Sonne ins Gesicht scheinen und fühlte mich so gut. Nachdem ich das Frühstück beendet hatte, überlegte ich kurz und entschloss, einfach an Jannis Tür zu klopfen. Mittlerweile musste er doch wach sein. Ich hatte nicht mitbekommen, wie er das Zimmer verlassen hatte. Eigentlich war ich ein wenig enttäuscht, weil ich gehofft hatte, mit ihm zusammen aufzuwachen.

Ich kam vor seinem Zimmer an und war überrascht, dass die Tür einen Spalt offen stand. Ich klopfte und eine Frau erschien im Türrahmen. Es war das Zimmermädchen.

»Oh! Signor Diamantis?«, fragte ich überrascht.

»Partito«, sagte die junge Frau.

»Il Signor Diamentis se n'è andato?«, fragte ich überrascht. Das konnte doch nicht sein, dass er schon abgereist war!

»Si, Signora.« Sie nickte bestätigend und öffnete die Tür weiter, damit ich sehen konnte, dass sie das Bett bereits frisch bezogen hatte und sich niemand im Zimmer befand.

»Grazie.« Ich nickte ihr zu und machte kehrt. Er war einfach abgereist. Ich konnte es nicht glauben. Nachdenklich schloss ich meine Tür und setzte mich auf das Bett, in dem wir die Nacht zusammen verbracht hatten. Wir hatten bis in den frühen Morgen geredet und er hatte mich noch mal geliebt. Wir waren erst eingeschlafen, als der Himmel schon wieder hell geworden war. Er musste sich aus dem Raum geschlichen haben, nachdem ich fest eingeschlafen war. Aus irgendeinem Grund verschwamm mein Blick. Ich dumme Kuh! Was hatte ich denn erwartet? Dass es bis ans Ende unserer Tage halten würde? Ein »bis dass der Tod uns scheidet«? Plötzlich begann ich zu lachen. Ich war wirklich nicht mehr zu retten. Trotzdem wollten die Tränen einfach nicht mehr versiegen.

Als eine Nachricht auf meinem Handy einging, schaute ich nach. Es konnte natürlich nicht Jannis sein, denn er hatte meine Nummer gar nicht. Dafür war es Milla.

MILLA

Guten Morgen, Süße! Wie geht es dir? Ist alles in Ordnung? Du hast dich nicht mehr gemeldet????

Gleich vier Fragezeichen! Milla war bestimmt in Panik und hatte schon Johanna und Carolin informiert. Ich entschied mich, ihr nicht zu schreiben, sondern das Bild von Jannis und mir in unsere Gruppe zu schicken.

»Ich hatte einen gut aussehenden Abend! Küsschen, Toni«, schrieb ich unter das Foto. Es dauerte nicht lange, da wurde das Bild kommentiert.

JOHANNA

Wer ist das denn?

MILLA

Ist das der Typ aus dem Fahrstuhl?

JOHANNA

Von welchen Fahrstuhl ist die Rede?

CAROLIN

Wo hast du denn diesen Adonis aufgetrieben? Ich will auch!

Ich musste lachen. Das waren meine Freundinnen! Schnell schrieb ich eine Antwort, dass ich Jannis im Fahrstuhl meines Hotels kennengelernt hatte und wir gestern essen gewesen waren. Mehr brauchten sie nicht zu erfahren. Dennoch ließen die Mädels nicht locker.

JOHANNA

Lebt er in Florenz?

MILLA

Quatsch! Dann würde er wohl kaum in einem Hotel wohnen!

CAROLIN

Was macht er beruflich?

MILLA

Hast du seine Nummer?

Nein, die hatte ich natürlich nicht. Um das Ganze im Keim zu ersticken, antwortete ich:

ANTONIA

Sorry, Mädels, aber er ist heute Morgen wieder abgereist. Ich mache mich jetzt auf ins Museum.

Milla schickte mir einen Smiley, der gelangweilt gähnte.

»Kunstbanausin«, schickte ich ihr zur Antwort und sie konterte mit einer Grinsekatze.

Ich ließ mich rückwärts aufs Bett fallen und stieß mir den Kopf. »Aua!« Da lag etwas Hartes neben dem Kissen. Ich holte es hervor und fand ein Päckchen, das mir bekannt vorkam. Ich öffnete es und wie vermutet enthielt es die Kette, die Jannis am Ponte Vecchio gekauft hatte. Das Gegenstück zu seiner Kette.

Er musste sie hier vergessen haben, eine andere Erklärung gab es nicht. Dass es ein Geschenk für mich war, schloss ich aus. Ich wusste, was sie gekostet hatte, und so ein teures Geschenk machte man niemandem, mit dem man nur eine Nacht verbracht und sich dann auch noch aus dem Zimmer gestohlen hatte. Das war wirklich ärgerlich. Ich würde morgen abreisen und dann die Kette am Empfang abgeben. Vielleicht konnte man sie Jannis nachschicken. Sie war zu wertvoll, als dass ich sie einfach so behalten würde.

Ich brachte mein Make-up in Ordnung und machte mich auf zu den Uffizien. Das Museum war im sechzehnten Jahrhundert gegründet worden. Zunächst wurden jedoch dort Ministerien untergebracht, die mit viel Kunst ausgestattet wurden.

In der dritten Etage des Gebäudes sah ich mir die Gemäldesammlung der italienischen Renaissance an. Ich war begeistert von den Farben und der Maltechnik. Fast drei Stunden verbrachte ich dort, um alles genau in Augenschein zu nehmen. Die Geburt der Venus von Botticelli war so beeindruckend, dass ich mich gar nicht sattsehen konnte.

Wenn ich schon mal in Florenz war, konnte ich mir

Michelangelos David natürlich nicht entgehen lassen. Die Statur eines Männerkörpers aus einem einzigen Marmorblock geschlagen, war eine der großen Attraktionen der Stadt. Ich besuchte die Accademia di Belle Arti, wo die Skulptur ausgestellt war. Als ich dort eintraf, gab es eine Menge an Touristen, die die Halle bevölkerten. Ich wartete einige Zeit, bis die Leute weitergezogen waren, und machte ein paar Fotos, die ich den Mädels später schicken würde. Ich musste zugeben, wenn ich mir die Statur so ansah, brauchte Jannis den Vergleich nicht zu scheuen. Sein Körper sah ähnlich eindrucksvoll aus, die Muskeln waren ähnlich fein definiert. Wehmütig sah ich mir das Foto an, das wir gestern Nacht geschossen hatten.

Als ich die Akademie verließ, hatte sich der Himmel zugezogen. Es sah nach Regen aus, dabei war es am Morgen so schön gewesen. In einer Trattoria kehrte ich ein, um eine Kleinigkeit zu essen, obwohl ich keinen großen Hunger hatte. Als ich das Lokal verließ, begann es zu regnen und das wie aus Kübeln.

Meine Laune sank auf den Nullpunkt. Ich entschloss, schon heute aufzubrechen, und mietete mir für den Rest der Woche einen Kleinwagen. Ich konnte ihn an anderen Standorten zurückgeben, ich musste nicht zurück nach Florenz.

Im Hotel brauchte ich nicht lange, um meine Sachen zu packen. Ich hatte mir ein Weingut in der Nähe ausgesucht. Während ich im Zimmer nachsah, ob ich auch nichts vergessen hatte, fand ich Jannis geöffnete Weinflasche in der Minibar. Die hatte das Zimmermädchen wohl dort hineingestellt. Ich sah mir das Etikett genau an: »Fattoria Diamantis, Monteaperti, Siena«. Ich machte ein Foto von dem Etikett. Es war elegant gestaltet, mit klaren schwarzen Buchstaben auf dunkelgrauem Grund, zusammen mit einem Gesicht, das nur mit einer Linie gezeichnet war. Sehr künstlerisch und apart.

An der Rezeption checkte ich aus.

»Sie wollen uns schon verlassen? Hat es Ihnen bei uns nicht gefallen?«, fragte die freundliche Dame.

»Oh doch, ich werde bestimmt einmal wiederkommen. Aber ich … habe einen Termin«, sagte ich schnell. »Würden Sie das bitte an den Gast Jannis Diamentis weiterleiten?« Ich legte das Päckchen auf dem Tresen ab.

»Scusa?« Die junge Frau sah mich fragend an.

Wie sollte ich erklären, dass Jannis es in meinem Zimmer vergessen hatte?

»Tutto bene«, sagte ich schnell und steckte das Päckchen wieder ein. Ich bezahlte meine Rechnung und verließ das Hotel mit einem freundlichen »Arrivederci«.

Der kleine Leihwagen hatte ein Navigationsgerät und ich gab die Adresse in Monteaperti ein. Ich musste sowieso in Richtung Süden und würde quasi dort vorbeikommen.

Na ja, ich würde einen kleinen Abstecher machen, die Kette abliefern und dann zu einer Weinkellerei weiterfahren, in der ich auch übernachten konnte. Davon gab es hier einige.

Ich startete den Wagen und folgte den Anweisungen der Stimme, die aus dem Navi kam.

Sobald ich die Stadt verlassen hatte und auf die Landstraße fuhr, hellte es sich auf und der Regen ließ nach.

Nach einer Stunde klarte der Himmel auf und die Sonne ließ sich sehen. Ich öffnete das Schiebedach und die frische Luft, die nach Frühling und Regen duftete, erfüllte den Innenraum.

Meine gute Laune wuchs mit jedem Kilometer, mit dem ich mich Monteaperti näherte.

Weil ich an der Einfahrt, die zum Weingut führte, vorbeifuhr, musste ich umdrehen und ging vom Gas. Ich brauste einen halben Kilometer zurück und diesmal verpasste ich die Einfahrt nicht.

Eine lange Allee deutete darauf hin, dass ich hier wohl richtig war.

7

Die Allee, die zum Anwesen führte, schlängelte sich langsam eine Anhöhe hinauf. Bald kam ein Haus in Sicht. Hellbrauner Stein mit einem roten Dach. Es war groß. Davor gab es einige Parkbuchten, auf denen wenige Autos standen. Gegenüber dem Steinhaus befand sich ein weiteres Haus, das kleiner und älter schien.

Ein Hund kam schwanzwedelnd auf mich zu. Es war ein Labradormischling, sein Fell war länger, als es bei dieser Rasse üblich war.

»Na, mein Guter? Wie geht es dir?« Ich ging vor ihm in die Hocke und erkannte, dass es sich um einen Rüden handelte. »Kannst du mir sagen, wo ich Jannis finde?«, fragte ich leise und streichelte seinen Hals.

Über dem neuen Gebäude sah ich ein Schild: »Ricezione«.

Dort würde ich mein Glück versuchen. Als ich die Rezeption betrat, erblickte mich eine junge Frau.

»Ciao! Was kann ich für Sie tun?«

»Ciao! Ich bin auf der Suche nach Jannis … Jannis Diamantis. Bin ich hier richtig?«, fragte ich nach.

Ein Lächeln glitt über das Gesicht der jungen Frau. »Natürlich, das hier ist das Weingut von Jannis. Ich bin Marina, … Marina Diamantis. Benvenuto!"«

Mir stockte der Atem. Marina Diamantis? Jetzt wusste ich, warum er einfach so abgehauen war. Er war also doch verheiratet!

Mir schoss die Röte in die Wangen. Innerhalb von Sekunden stürzten all meine Hoffnungen in sich zusammen. Was hatte ich nur angestellt? Ich war keine Frau, die andere Frauen betrog, indem sie sich an deren Männer ranmachte und mit ihnen schlief. Mir wurde übel und ich musste mich an dem Tresen festhalten.

»Haben Sie ein Zimmer gebucht oder nur eine Verkostung?«, wollte die Frau wissen und lächelte freundlich. Sie war ausgesprochen hübsch, allerdings auch noch sehr jung. Wie konnte Jannis diese Frau nur betrügen? Sie starrte mich an, während sie auf eine Antwort von mir wartete.

»Ähm … ich … Oh nein, ich bin kein Gast. Ich wollte das hier nur Signor Diamantis übergeben. Er hat es gekauft.« Ich wühlte in meiner Handtasche und holte das kleine Geschenk heraus.

Die Augen der Angestellten begannen zu leuchten. Sie war wirklich schön, obwohl das Kostüm, das sie trug, sie älter wirken ließ als sie vermutlich war.

»Stupido! Ci fai o ci sei? Adiamo!«, schallte es laut aus einem Büro, das hinter dem Tresen lag. Es war eindeutig Jannis Stimme.

»So eine Laune hat er schon den ganzen Tag, seit er aus Florenz zurückgekehrt ist. Er ist eigentlich Grieche, flucht aber wie ein echter Italiener.« Marina lachte verlegen.

Ich nickte. »Ja, man sollte sich gut überlegen, wen man

heiratet.« Mehr fiel mir nicht dazu ein. »Ich muss wieder los. Wenn Sie das Signor Diamantis übergeben würden?«

Sie hielt mich auf. »Warten Sie! Nicht so schnell. Ich rufe ihn! Jannis! Kommst du mal, bitte?« Sie wandte sich dem Büro zu. »Hast du etwas für mich bestellt?«

»Sehe ich so aus?« Ich hörte Schritte und plötzlich trat Jannis an den Empfang. Als er mich erblickte, blieb er stehen und wurde blass, als stünde der Leibhaftige vor ihm.

Anders als in Florenz trug er einen dunkelgrauen Anzug und ein schwarzes Hemd, das am Kragen offenstand. Er sah so geschäftsmäßig aus. Wie ein erfolgreicher Unternehmer. Der lockere Jannis war wohl in Florenz geblieben.

»Die Signora hat hier etwas für dich. Ist das vielleicht für mich?«, fragte sie kokett und hielt ihm das Päckchen unter die Nase.

Mir war das alles so peinlich. Ich hätte es doch mit der Post schicken sollen.

Jannis riss ihr das Geschenk aus der Hand. »Nein, das ist natürlich nicht für dich, Marina.«

Sie verdrehte die Augen. »Es wäre auch ein Wunder, wenn du mir mal ein Geschenk aus Florenz mitbringen würdest«, stöhnte sie und blickte ihn böse an.

»Ich bereite das Gästezimmer für die Signora vor. Es ist noch keine Saison und Sie haben Glück«, erklärte Marina mir.

»Oh, nein, ich brauche kein Zimmer, ich fahre direkt wieder. Ich wollte nur das Päckchen abgeben«, versuchte ich die Situation zu erklären, bevor sie noch falsche Schlüsse zog, die ja eigentlich die richtigen waren. Aber Marina machte auf dem Absatz kehrt und lief eine Treppe hinauf. Ich blickte ihr nach, bevor ich mich Jannis zuwandte.

»Das hast du vergessen«, sagte ich sehr leise. »Ich habe es gefunden. Du weißt sicherlich, wo. Ich werde deiner Frau nichts sagen. Ich hätte es mit der Post schicken sollen, so wie ich es eigentlich vorhatte.«

»Meiner Frau?«, fragte Jannis und blickte mich verständnislos an.

»Ja, Marina. Sie ist ganz entzückend und hat das nicht verdient.« Ich schüttelte den Kopf. Mir war unverständlich, wie Jannis so handeln konnte. »Mach's gut, Jannis«, sagte ich traurig. Irgendwie fühlte ich mich auch betrogen und presste die Lippen aufeinander, wandte mich um.

»Das Geschenk ist nicht für meine Frau, sondern es ist für dich bestimmt.«

Seine Worte ließen mich in der Bewegung innehalten. Das war nicht wahr! Ich trat zurück an den Tresen, der mich von Jannis trennte. »Das glaube ich jetzt nicht!«, zischte ich ihm wütend zu. »Du hast auch noch die Unverfrorenheit, mir ein Abschiedsgeschenk zu hinterlassen?« Meine Worte kamen einem Knurren nahe. Ich musste leise sprechen, man wusste ja nie, wer einem zuhörte. Ich wollte auf alle Fälle vermeiden, dass Marina etwas erfuhr.

»Es war von Anfang an für dich. Ich habe gesehen, dass dir die Kette so gut gefiel.« Er berührte das Gegenstück, das um seinen Hals baumelte. »Es tut mir leid, dass ich einfach so gegangen bin. Ohne ein Wort. Das war falsch.«

Ich nickte. »Ja, das war es. Es war falsch, alles, was wir gestern getan haben«, stimmte ich ihm zu. »Du hättest es mir sagen müssen, dann wäre es gar nicht so weit gekommen.«

Er kam um den Tresen herum. »Nein, Antonia, nicht

alles. Eine ganze Menge war richtig.« Er wollte nach meiner Hand greifen, doch ich zog sie weg. Ich wollte gehen, das alles hier einfach hinter mir lassen.

»Bist du noch zu retten?!«, fragte ich entgeistert.

»Nein, da kommen Sie zu spät«, rief Marina, die meine Worte wohl gehört hatte, und trat wieder hinter den Tresen. Wo kam sie denn jetzt her? »Wie lange wollen Sie bleiben? Und wie ist ihr Name, damit ich Sie auf die Listen setzen kann? Sie wollen doch sicherlich an einer Verkostung und an einer Führung teilnehmen.« Sie beschäftigte sich mit dem Computer.

»Nein, Antonia ist ein privater Gast. Ich werde mich persönlich um sie kümmern«, erklärte Jannis. »Sie hat noch bis Ende der Woche Urlaub und wird so lange bei uns bleiben.«

Marinas Kopf tauchte hinter dem Tresen auf und sie blickte uns interessiert an.

Oh Gott! Was machte er nur?

»Antonia … Ist sie für deine ständig schlechte Laune verantwortlich?«, fragte Marina mit einem Grinsen auf den Lippen.

Ich hob beide Hände. »Ich bin für gar nichts zuständig. Ich werde jetzt wieder fahren.«

»Dann solltest du dein Geschenk mitnehmen.« Jannis nahm die Schachtel vom Tresen und hielt sie mir entgegen.

»Was ist denn da drin?«, fragte Marina neugierig.

»Das sollten Sie lieber Ihren Mann fragen«, sagte ich kleinlaut.

Ein lautes Lachen von Marina hielt mich erneut davon ab, das Gebäude zu verlassen.

»Mein Mann? Sie denken, Jannis ist mein Mann?«, fragte Marina laut und begann erneut zu lachen. »Bitte entschuldigen Sie, aber das ist wirklich zu komisch!«

Ich sah von einem zum anderen. »Ist er nicht?«

»Nein, natürlich nicht«, erklärte sie und wischte sich eine Träne von der Wange. »Scusa, aber das ist wirklich lustig. Jannis ist mein Vater. Wenn er mein Mann wäre, hätte ich mich schon längst scheiden lassen, aber von seinem Vater kann man sich wohl kaum trennen. Nicht wahr, Papa?«

Ich traute meinen Ohren nicht. »Papa?«, fragte ich Jannis verblüfft.

Er hob die Schultern. »Ja, so ist es. Jetzt weißt du, warum ich zurückmusste.«

»Ah, ihr habt euch in Florenz getroffen? Warum hast du mir nichts davon erzählt? Du erzählst mir doch sonst immer alles.«

Marina kam um den Tresen herum und schüttelte mir die Hand. »Ich freue mich, Sie kennenzulernen. Und falls Sie sich jetzt fragen, wo meine Mutter ist: Die ist kurz nach meiner Geburt einfach abgehauen. Also, wie lange werden Sie bleiben, Antonia?«

»Ich weiß nicht genau«, sagte ich und war vollkommen verwirrt.

»Das ist gut. Dann trage ich Sie für den Rest der Woche ein. Erst einmal. Wenn Sie alles gesehen haben, werden Sie nicht mehr gehen wollen.«

Ich schenkte ihr ein Lächeln. »Du kannst mich ruhig duzen, so alt bin ich ja nicht.«

»Ist dein Gepäck im Auto?«, fragte Jannis. »Dann hole ich es und zeige dir dein Zimmer.«

»Ich werde Antonia das Zimmer neben deinem gegeben, wo Antonia doch ein ›privater Gast‹ ist«, rief Marina hinter ihm her und lächelte mir zu.

Ich hätte vermutlich mitgelacht, wenn ich nicht viel zu verwirrt gewesen wäre.

Der Hund kam hereinspaziert und machte neben mir Platz.

»Pepe! Du sollst doch die Gäste nicht belästigen«, schimpfte Marina und schickte ihn wieder nach draußen. »Geh und suche Christo!«

Ich tätschelte dem Hund den Kopf. »Er belästigt mich nicht. Wir sind uns schon auf dem Parkplatz begegnet und haben direkt Freundschaft geschlossen. Pepe ist also dein Name. Du bist ein ganz Lieber.«

»Er schnarcht wie ein Walross«, rief Marina mir zu und reichte mir eine Schlüsselkarte. »Die gehört zu deinem Zimmer. Damit kannst du auch nach zwanzig Uhr die Schiebetür hier am Empfang aktivieren. Die Rezeption ist nur bis zwanzig Uhr besetzt. Frühstück gibt es im Speisesaal, den Gang entlang, ab acht Uhr morgens. Wenn du sonst noch Fragen hast, wende dich einfach an Jannis.« Sie sah auf ihre Uhr. »Ich habe für heute Feierabend und bin froh, hier rauszukommen. Jannis war heute echt nicht zu ertragen.«

»Wohnst du auch hier im Hotel?«, wollte ich wissen.

Marina schüttelte den Kopf. »Nein, ich wohne drüben in dem Haus meines Großvaters, dort wohnen einige der Angestellten. Jannis hat das Haus umgebaut. Es ist sehr schön geworden. Du musst mich besuchen kommen, solange du noch hier bist.«

»Das werde ich tun«, versprach ich.

»Kommst du?«, fragte Jannis, der mit meinem Koffer zurückgekehrt war. »Und vergiss dein Geschenk nicht.«

Ich folgte Jannis, der sich hier in seiner Umgebung so ganz anders bewegte. Freier, selbstbewusster. Hier fühlte er sich sicher, weil er das Sagen hatte.

Er öffnete eine Tür und ließ mir den Vortritt. »Bitte tritt ein.«

Hinter mir schloss er die Tür und stellte den Koffer neben dem Bett ab.

Ich trat an das Fenster und blickte auf ein Meer von Rebfeldern hinaus. »Wow! Das gehört alles dir?«, fragte ich erstaunt.

»Das und noch einiges mehr«, gab er zögerlich zu.

Ich war echt beeindruckt. Von der Straße aus hatte man nicht erkennen können, welche Ausmaße dieses Weingut verbarg.

Ich drehte mich zu ihm um. Jannis stand noch immer an der Tür. »Ich glaube, ich sollte nicht bleiben. Ich wollte nicht in deine Welt hier eindringen«, erklärte ich. Es war mir peinlich, dass ich seine Tochter für seine Frau gehalten hatte. Ein Gefühl keimte in mir auf, als würde ich in seine Privatsphäre eindringen, wo ich nichts zu suchen hatte. Wenn Jannis es gewollt hätte, hätte er mich schließlich einladen können. Oder mir zumindest von seiner Tochter erzählt.

»Du bist meiner Einladung gefolgt«, sagte er und verließ seinen Beobachtungsposten an der Tür, kam auf mich zu.

»Welcher Einladung?«, fragte ich nach.

Er blickte auf das Kästchen in meiner Hand und nahm es mir ab, löste die Schleife und das Papier, dann lüftete er den Deckel. »Ich habe sie für dich gekauft.«

Ich schüttelte den Kopf. »Nein, das kann ich nicht annehmen. Sie ist viel zu wertvoll.« Das war nichts, was man einfach so verschenkte. Egal, wie viel Geld man besaß. Es war nicht nur der finanzielle Ausgleich, es war auch der ideelle Gegenwert, der es mir unmöglich machte, dieses Geschenk anzunehmen.

»Sie war von Anfang an für dich bestimmt.« Er kam mir sehr nah, blickte mir tief in die Augen.

»Wofür?«, wollte ich wissen. »Für eine Nacht ist das wohl ein wenig übertrieben. Das hättest du günstiger bekommen können.«

Jannis atmete hart aus und strich sich das Haar aus dem Gesicht. Er trug es heute offen, was seine Züge ein wenig weicher wirken ließ. »Es war mehr als nur eine Nacht. Für mich zumindest. Es war eine wundervolle Auszeit von meinem Leben. Ein Einblick, wie es hätte sein können«, murmelte er und blickte zu den Feldern hinaus.

»Wie was hätte sein können? Dein Leben, wenn du keine Verpflichtungen hättest? Jede Nacht eine andere Frau?« Ich wusste selbst nicht, warum ich so wütend war. Vielleicht weil er mich doch für eine Frau hielt, die man mit Geschenken abspeisen konnte. Die es darauf anlegte, mit einem Mann ins Bett zu steigen, und dafür ein Geschenk erwartete.

»Nein, natürlich nicht. Aber eben ein anderes Leben, als ich es führe. Du kennst dich ein wenig in der Weinbranche aus. Du weißt, wie hart und entbehrlich das Leben sein kann. Hast du noch nie davon geträumt, ein anderes Leben zu leben?« Er blickte mich düster an. »Ich denke schon, sonst hättest du diese Reise nicht begonnen. Ich glaube, du bist genauso auf der Suche nach einem anderen Leben, das dich mehr erfüllt als das, das du zurzeit führst.«

Ich musste zugeben, so ganz unrecht hatte er nicht, doch das würde ich auf keinen Fall offenbaren. »Ich nehme mir eine kleine Auszeit, mehr nicht.«

»Und was ist dann so falsch daran, wenn ich das auch tue? Meine Zeit ist knapp bemessen. Wie du sieht, führe ich ein großes Gut. Mein Vater hat sich aus dem Geschäft zurückgezogen. Jetzt bleibt alles an mir hängen. Dazu muss ich mich um Marina kümmern, was nicht so einfach ist.«

»Deine Tochter macht nicht den Eindruck, als wäre sie noch ein kleines Mädchen, das man nicht aus den Augen lassen kann.«

»Bitte lass Marina aus dem Spiel.«

Ich hob die Schultern. »Gerne, *du* hast sie ins Spiel gebracht.« Ich hatte gute Lust, meinen Koffer zu packen und einfach zu gehen. Irgendwas hielt mich jedoch davon ab.

»Ich weiß gar nicht, worüber wir uns hier streiten. Ich möchte dir diese Kette schenken und habe sie in der Hoffnung zurückgelassen, dass du mir folgen würdest.«

»Es wäre einfacher gewesen, wenn du sie mir überreicht hättest, mit den Worten, dass du dich freuen würdest, wenn ich dich besuchen komme.«

»Ich bin nicht so gut darin, mich zu verabschieden, daher hatte ich es vorgezogen, auf diese Weise zu gehen.«

Ich schüttelte den Kopf. »Nein, Jannis, du bist nicht einfach nur gegangen. Du bist davongelaufen, weil du Angst vor den Konsequenzen hattest.«

Abrupt drehte sich Jannis zu mir und funkelte mich an. »Welche Konsequenzen denn?«

Seine Augen waren dunkel wie die Gewitterwolken vor einem Platzregen.

»Davor, dein Herz zu öffnen und vielleicht etwas zu riskieren. Wenn man nichts riskiert, kann man nicht verletzt werden. Aber sich zu verlieben, birgt nun mal die Gefahr, dass man verletzt wird. Dieses Risiko muss man eingehen. Und dafür bist du nicht bereit.«

»Bist du bereit dafür?«

Ich schluckte und musste wohl meinen eigenen Rat beherzigen und ein Risiko eingehen. »Ja, ich wäre es. Ich würde einen Neuanfang wagen, auch wenn ich nicht weiß, was mich erwartet. Die Frage bleibt bestehen, ob du es auch bist.«

Jannis wollte etwas erwidern, öffnete den Mund, schloss ihn dann aber wieder und wandte sich einfach ab. Er warf das Kästchen auf das Bett und ging zur Tür. »Das Abendessen wird um zwanzig Uhr serviert.« Damit verließ er den Raum.

Marina hatte wirklich recht. Er hatte eine Scheißlaune.

8

Ich packte in Ruhe meinen Koffer aus. Das Zimmer war sehr schön in orangefarbenen Tönen gehalten. Das Badezimmer war modern und es sah alles ziemlich neu aus. Der Raum mit hellen Steinfliesen bestückt und einer ebenerdigen Regendusche war ein fantastischer Ort. Es war fast so geräumig wie das Zimmer selbst. Ich stellte mich unter die Dusche, um mein erhitztes Gemüt zu beruhigen.

Ich hatte nicht den Eindruck, als wäre es Jannis unangenehm, dass ich hier aufgetaucht war, aber es war nicht der Jannis, den ich in Florenz kennengelernt hatte. Er war ernster, erwachsener, ja, sogar strenger. Es loderte hier etwas unter der Oberfläche, dem ich gerne auf den Grund gehen wollte.

Hinzu kam, dass ich sein Gut besichtigen wollte, weil ich mir sicher war, hier einen guten Tropfen zu finden, den ich meinem Chef präsentieren konnte. Ganz unabhängig davon, Jannis einen Gefallen zu tun. Ich war überzeugt davon, dass man hier fantastische Weine herstellte, von denen ich noch keine Ahnung hatte. So ganz konnte ich meinen Job nicht loslassen. Er war immer präsent.

Ich würde mich von Jannis so gut es ging fernhalten, um mich als ganz normale Touristin fühlen zu können, die ich ja auch war.

Der Abend schien kühl zu werden, daher entschied ich mich für einen Hosenanzug und einen Rollkragenpullover mit kurzem Arm. Er war schlicht, aber elegant. Passend zu meinem dezenten Abend-Make-up entschied ich mich, mein Haar offen zu tragen, und föhnte die Locken mit dem Diffuser, sodass es mir in weichen Wellen über den Rücken fiel. Als Kind hatte ich diese Locken immer gehasst, mittlerweile mochte ich sie sehr gern, weil man so schnell eine Frisur formen konnte. Als Schuhwerk wählte ich ein Paar mit niedrigem Absatz. Ich hatte nicht vor, eine Wanderung zu beginnen, also konnten die Sneakers im Schrank bleiben.

Ein Blick in den Spiegel sagte mir, dass mir gefiel, was ich sah, und ich mich wohlfühlte.

Auf dem Bett sah ich die Schachtel mit der Kette. Ich nahm sie in die Hand und legte sie um meinen Hals. Sie sah wunderschön aus. Konnte ich das Geschenk wirklich annehmen? Ich war mir sicher, dass Jannis sie nicht zurücknehmen würde. Schließlich hatte er ja schon eine. Mit einem ergebenen Seufzer entschloss ich mich, sie zu behalten und vor allem, sie an diesem Abend zu tragen.

Es war bereits kurz vor zwanzig Uhr und ich ging hinunter zum Empfang.

Als ich im Erdgeschoss ankam, traf ich auf Pepe, ansonsten war niemand zu sehen.

»Na, Pepe? Kannst du mir sagen, wo es zum Abendessen geht?«, fragte ich ihn und streichelte seinen Kopf.

»Immer der Nase nach, schöne Frau.«

Ich wandte mich um und sah einen jungen Mann, der ebenfalls die Treppe herunterkam. »Guten Abend, ich bin Domenico Baldesarani, Weinhändler aus Mailand.« Er reichte mir die Hand.

»Antonia Krämer aus Deutschland«, stellte ich mich vor.

»Haben Sie auch etwas mit dem Weinhandel zu tun oder sind Sie eine Kundin?«

»Einkäuferin für einen Großhändler«, erklärte ich. Er brauchte ja nicht zu wissen, dass ich zurzeit Urlaub hatte.

»Ah, Tedesca«, sagte er. »Quale città?«

»Frankfurt am Main«, erzählte ich frei heraus.

»Kommen Sie, ich zeige Ihnen das Speisezimmer. Hier gibt es am Morgen auch das Frühstücksbuffet.«

Er führte mich den Flur entlang. Am Ende gab es ein größeres Zimmer, in dem ein großer, runder Tisch stand, an dem zwölf Gäste Platz fanden.

Jannis erhob sich, als er mich erblickte. »Antonia, bitte nimm neben mir Platz.« Er nahm meinen Arm. »Darf ich dir meinen Vater, Christos Diamantis, vorstellen? Patron, das ist Antonia, eine Freundin aus Deutschland.«

»Kalispéra, Antonia. Ich freue mich, eine Freundin von Jannis kennenzulernen.« Der ältere Mann stand auf und reichte mir die Hand.

»Vielen Dank, Signor Diamantis.«

»Bitte, nennen Sie mich ruhig Christos, so wie alle anderen auch. Signor Diamantis, das ist hier Jannis.«

Ich schenkte ihm ein dankbares Lächeln. »Vielen Dank, ich freue mich.«

»Bitte nehmen Sie neben mir Platz«, forderte er mich auf, und so saß ich zwischen Jannis und seinem Vater.

»Wie gefällt es Ihnen bei uns?« Er verwickelte mich sofort in ein Gespräch.

»Oh, ich bin gerade erst angekommen und bis auf mein Zimmer habe ich noch nichts gesehen.«

»Sie könnten doch morgen an der Führung durch die Weinberge teilnehmen«, mischte sich Domenico ein.

Ich blickte unsicher zu Jannis, der leicht nickte. »Ja, gerne. Wann startet die Führung?«

»Morgen nach dem Frühstück, um elf Uhr«, erklärte Jannis.

Vier weitere Gäste betraten den Raum. Es war eine Delegation aus Japan, die sich laut schwatzend am Tisch verteilte und freundlich verbeugte.

»Buonasera«, grüßten sie im Einklang, was ein wenig lustig wirkte.

Wir erwiderten den Gruß. Zuletzt betrat noch ein älteres Paar aus dem Saarland den Raum. Es war herrlich, deutsche Stimmen zu hören. Bärbel und Hans Zimmermann waren Privatiers, die eine Winzerrundreise machten, was ich für eine schöne Idee hielt.

Das Essen wurde von zwei Angestellten aus der Küche serviert. Es gab Fisch als Vorspeise, und Lamm oder Rind als Hauptgang, dazu Gemüse und Rosmarinkartoffeln. Es schmeckte sehr gut und passte ausgezeichnet zu den ausgesuchten Weinen. Jannis übernahm es, die Gläser der Gäste zu füllen.

»Isst Marina nicht mit uns?«, fragte ich ihn, als er wieder neben mir Platz nahm.

»Nein, sie hat heute ihren freien Abend und kocht drüben mit den übrigen Angestellten, die nicht in der Umgebung wohnen. Zur Erntezeit haben wir mehr als zweihundert Helfer vor Ort. Zu unseren Spitzenzeiten waren es schon mal vierhundert. Aber das war vor der Corona-Pandemie.«

»Und wie viele Angestellte arbeiten jetzt hier?«, wollte

ich wissen. Wir unterhielten uns auf Italienisch, weil ich es als unhöflich seinem Vater gegenüber empfunden hätte, wenn die Unterhaltung auf Deutsch stattgefunden hatte. Er sprach meine Muttersprache nicht, sondern einen Mischmasch aus Griechisch und Italienisch. Da auch das Ehepaar Zimmermann sehr gut der Landessprache mächtig war, wurde keiner ausgeschlossen.

»Im Hotel haben wir neben Marina noch zwei Zimmermädchen und zwei Köche und drei Aushilfen. In den Hängen arbeiten ständig sechs Angestellte. Im Kelterhaus arbeiten zwei zusätzliche Kräfte. Hier macht jeder fast alles. Wenn die Erntezeit losgeht, stocken wir das Team auf. Wir ernten von Hand. Das dauert länger, aber die Qualität ist einfach besser.«

»Das schmeckt man, Jannis«, stellte Hans Zimmermann fest und hob sein Glas.

»Dem kann ich nur zustimmen«, bekräftigte ich und tat es ihm gleich.

»Lasst uns auf gute Weine trinken«, meinte Bärbel und jetzt schlossen sich alle an.

»Alla Salute! Viva l'amore!«, rief Christo begeistert und stieß mit seinem Kelch an meinen.

Jannis warf mir einen kurzen Blick zu und lächelte.

»Viva l'amore«, erwiderte ich und schenkte Christo ein Lachen.

»Sie tragen die gleiche Kette wie mein Sohn, liebe Antonia. Hat das etwas zu bedeuten?«, fragte Christo leise zu mir gebeugt.

Automatisch griff ich nach dem Anhänger. »Ja, er hat mir die Kette geschenkt, aber was immer sie jetzt vermuten, Sie liegen falsch. Wir kennen uns kaum«, gab ich leise zu.

Christo sah mich nachdenklich an, dann nickte er. »Was

auch immer *Sie* denken, Antonia. Egal wie lange sie Jannis kennen, er hat noch nie einer Frau ein Schmuckstück geschenkt. Nicht einmal Marinas Mutter.«

Meine Hand berührte das silberne, halbe Herz, dann griff ich zu meinem Weinglas und trank einen Schluck, um nichts erwidern zu müssen.

Den Rest des Abends ging es sehr gesellig zu. Es gab noch eine Nachspeise, und Jannis öffnete einen Dessertwein zur Verkostung. Er schmeckte hervorragend und ich machte mir eine Notiz in meinem Handy. Ich freute mich schon auf den morgigen Tag, wenn es in die Weinberge gehen würde.

9

Nach dem Essen verabschiedeten sich die Japaner und auch das Ehepaar Zimmermann ging auf sein Zimmer. Domenico lud Christo noch auf eine Zigarette vor dem Haus ein, sodass nur Jannis und ich übrig blieben. Pepe war seinem Herrchen nach draußen gefolgt.

»Ich werde auch auf mein Zimmer gehen«, erklärte ich und erhob mich.

»Warte, wir haben den gleichen Weg«, meinte er und nahm meinen Arm. »Ich wohne ebenfalls hier im Haus. Ich habe mir eine kleine Wohnung im ersten Stock eingerichtet. Möchtest du sie sehen?«

Ich nickte. »Gerne. Ich bin sehr gespannt darauf, wie du lebst.«

»Sehr bescheiden. Kein Luxus, falls du das vielleicht erwartest«, gab er zu.

»Nein, das erwarte ich nicht. Es würde nicht zu dir passen.«

»So? Was würde denn zu mir passen?«, fragte er und

blieb vor der Tür stehen, die meinem Zimmer gegenüberlag.

»Du bist ein Genießer. Du magst schöne Dinge, sie müssen aber nicht unbedingt teuer sein. Du magst das Außergewöhnliche. Du hast Stil und scherst dich nicht darum, was andere über dich denken, bist ein Freigeist und trotzdem liegt dir viel an deiner Familie. Du ehrst deinen Vater und willst sein Erbe weiterführen. Du willst deiner Tochter ebenfalls etwas hinterlassen, auf das sie stolz ist. Du bist fleißig und optimistisch und kreativ. Vielleicht magst du das Rampenlicht und unterhältst gerne, bist aber auch gerne allein. Du bist der geborene Gastronom.«

Jannis machte große Augen. »Wow! Du kannst mich so genau beschreiben, nachdem wir einen Abend miteinander verbracht haben?«, fragte er überrascht.

„»Nun, wenn man es genau nimmt, waren es zwei Abende und eine Nacht«, sagte ich leise und grinste.

»Du trägst die Kette, die ich dir geschenkt habe. Das freut mich sehr.« Er zog eine Karte aus der Hosentasche, holte sie vor dem Scanner und entriegelte damit die Wohnungstür. »Bitte, nach dir.«

»Danke.« Ich betrat einen kleinen Flur und wartete darauf, dass er seine Karte in einen Slot schob, um das Licht zu aktivieren. Die Tür fiel hinter ihm ins Schloss und ich folgte dem Flur, bis ich in den Salon gelangte. Der Raum war nicht sehr groß, aber gemütlich eingerichtet mit einem Kamin, in dem ein Feuer brannte. Es gab eine Sitzecke mit einer Couch und einem Sessel, Tisch und Hocker. Wenn man weiter in das Zimmer hineinging, gab es eine Essecke mit vier Hochstühlen und dem dazugehörigen Tisch. Daran schloss sich eine kleine Küche mit Bar an, die in dunklen Erdtönen gehalten war.

Ich wandte mich zu Jannis um. »Es sieht sehr gemütlich aus. So etwas hatte ich mir vorgestellt.« Der Boden war mit geschliffenem Holz gestaltet, die Wände aus Stein. Aber es wirkte keinesfalls kalt, sondern Gemälde sorgten für Farbtupfer.

»Ich habe noch ein Highlight«, erklärte Jannis und grinste. »Es ist allerdings im Schlafzimmer.«

»Wenn das nicht ein übler Trick ist, mich in dein Heiligstes zu bekommen, dann zeig es mir.«

Lachend öffnete er eine Tür, die hinter der Küche lag, und vor mir breitete sich ein echt großer Raum aus. Das Fenster war rund und nahm fast die ganze Wand ein. Es war mit Sprossen unterteilt.

»Wow!«, entfuhr es mir, weil ich damit nicht gerechnet hatte. »Was für ein Ausblick.« Es war zwar dunkel, aber mittlerweile schien der Vollmond und stand hoch am Himmel, spendete so viel Licht, dass er die Weinfelder mit einem silbernen Tuch belegte.

»Vielleicht kannst du verstehen, dass ich nur selten das Gut verlasse. Ich habe hier alles, was ich brauche und was mir am Herzen liegt.«

Ja, das konnte ich sehr gut nachvollziehen. Das Haus war traumhaft, die Gegend sowieso, und seine Arbeit mochte hart sein, aber wenn man einmal sein Herz an etwas verloren hatte, dann nahm man das gerne in Kauf. »Es ist wundervoll hier, Jannis. Ein wahrer Edelstein. Ich kann nicht verstehen, warum ich noch nie von diesem Weingut gehört habe.«

»Wir bieten noch nicht lange Verkostungen an. Der Patron hat sich dagegen gesträubt, aber am Ende habe ich mich durchgesetzt. Jetzt plaudert er jeden Abend mit den Gästen. Er braucht etwas Zeit, um sich an Veränderungen zu gewöhnen. Er ist kein Freund davon. Du hast keine

Vorstellung, wie lange es dauerte, bis ich ihn überzeugen konnte, neue Rebsorten anzubauen.«

Ich wandte mich von dem Fenster und dem schönen Ausblick ab. »Du wohnst wirklich … Es ist einfach ein Traum. Wenn ich an meine Zweizimmerwohnung in Frankfurt denke, ist das kein Vergleich.«

Da Jannis nichts sagte, nahm ich seine Hand in meine. »Jannis, ich möchte dir für diese schöne Kette danken. Sie ist zwar viel zu wertvoll, aber ich weiß, dass du sie nicht zurücknehmen wirst. Es wäre eine Schande, sie nicht zu tragen, also … vielen Dank dafür. Ich werde jetzt zu Bett gehen und wünsche dir eine gute Nacht.«

Ich ließ ihn los und wandte mich ab, doch Jannis hielt meine Hand fest.

»Bleib doch hier bei mir.« Langsam zog er mich zu sich heran. »Du könntest bei mir schlafen.«

Ich hielt den Atem an. Das wollte er wirklich?

»Jannis, ich weiß nicht so recht. Was werden dein Vater oder Marina darüber denken?«

Er lachte leise. »Es ist mir ziemlich egal, was sie davon halten. Ich bin ein erwachsener Mann und kann machen, was ich will.«

»Aber mir ist es nicht egal. Ich will nicht, dass sie glauben, ich will mich hier einschleichen oder … was auch immer sie für Überlegungen anstellen mögen.« Ich war ein wenig verzweifelt, weil ich mir wie ein Eindringling in eine andere Welt vorkam. In Jannis Welt, wo ich keinen Platz hatte.

»Sie stellen keine Überlegungen an, sie freuen sich für mich, weil sie denken, dass du meine Freundin bist.«

»Was?«

Er lachte. »Ja, es gab noch nie jemanden, den ich hierher eingeladen habe.«

»Aber du hast mich doch gar nicht eingeladen«, stellte ich richtig.

»Das wissen du und ich, aber nicht meine Familie. Und wenn man es genau nimmt, war diese Kette so etwas wie eine Einladung.« Er fuhr die Konturen des halben Herzens entlang.

»Du hast also wirklich gehofft, dass ich kommen würde?«, fragte ich nach.

Jannis zog sein Jackett aus und streifte die Schuhe ab. »Warum bist du hier?«, fragte er und legte sich auf das Bett. »Komm zu mir, lass uns noch ein wenig reden.«

Ich zog ebenfalls die Schuhe und meine Jacke aus, kletterte zu Jannis auf das große Bett, das auf einem niedrigen Podest stand.

Ich setzte mich im Schneidersitz ihm gegenüber, während er sich an das Kopfende gelehnt hatte.

Jannis hatte das Licht angeschaltet, eine gedimmte indirekte Beleuchtung, die einen nicht blendete.

»Willst du mit mir über Marina sprechen?«, fragte ich.

»Sollte ich?«

»Ich frage mich, warum du nicht erwähnt hast, dass du eine Tochter hast.«

Er machte eine unbestimmte Handbewegung. »Es war nicht wichtig für mich. Marina ist erwachsen und lebt ihr eigenes Leben. Ich wurde sehr jung Vater, wie du dir ausrechnen kannst. Ich war gerade mal siebzehn. Marina war sechs Wochen alt, da hat ihre Mutter uns verlassen. Sie ist auf und davon und hat sich nicht um uns gekümmert. Seitdem bin ich mit Marina allein. In der Zeit, in der ich studiert habe, haben sich meine Eltern um sie gekümmert.«

»Sie ist eine reizende junge Frau und scheint dich im Griff zu haben.«

Leise lachte er auf. »Ja, sie lässt sich nichts von mir sagen und hat ein freches Mundwerk. Sie ist eine echte Italienerin.«

»Sie ist sehr hübsch mit ihren braunen Locken und den dunkelbraunen Augen.«

»Sie sieht ihrer Mutter sehr ähnlich«, erklärte er.

»Ich finde, sie ist dir sehr ähnlich. Man selbst erkennt das oft gar nicht. Sie hat dein Lächeln und deine Augen«, stellte ich fest. Ich konnte mir nicht vorstellen, bereits so jung ein Kind bekommen zu haben. Die Verantwortung wäre mir viel zu groß gewesen. »Du hast eine Menge geleistet, da kann ich nur meinen Hut ziehen. Ich hätte das nicht geschafft, da bin ich mir sicher.«

»Doch, du hättest es auch geschafft. Du bist taff und mutig, sonst wärst du nicht hier aufgetaucht.«

»Ich bin hier, weil ich sicher bin, dass ich deine Weine in unser Programm aufnehmen will«, gab ich ehrlich zu.

»Aber das ist Arbeit. Ich dachte, du machst Urlaub in der Toskana«, sagte Jannis überrascht und rutschte näher zu mir, berührte meinen Fuß mit der Hand, massierte den Ballen.

»Ich verbinde das eine mit dem anderen«, sagte ich und stöhnte leise auf. Es fühlte sich wunderbar an, seine Hände auf meiner Haut.

»Du weißt, dass ich keinen Hintergedanken hatte, dich hierher zu locken?«

»Natürlich weiß ich das. So etwas würde ich niemals von dir denken. Aber in unserer Firma wurden die italienischen Weine vernachlässigt, also werde ich mich darum kümmern müssen, weil mein Chef niemand Neues einstellen will. Er ist ein Geizkragen, wie er im Buche steht.«

Langsam wanderte Jannis Hand meine Wade hinauf,

massierte die Haut vorsichtig. »Sag mal, bist du eigentlich glücklich mit deinem Job? Machst du ihn gerne?«, fragte er freiheraus.

»Darüber muss ich erst einmal nachdenken. Ich würde es mal so beschreiben: Ich habe gerne mit Wein zu tun, ich reiste gerne früher viel nach Frankreich, weil ich für die Anbaugebiete dort zuständig bin, obwohl mir Italien wesentlich besser gefällt. Die Menschen hier sind anders, netter, freundlicher.« Ich lachte verlegen. »Vielleicht ist es das gute Wetter, was mir besser gefällt. Aber mein Job … Nein, ehrlich gesagt mag ich ihn nicht so besonders, was an meinem Chef liegt. Er ist der Inhaber, daher kann ich nicht darauf hoffen, dass er kündigt oder versetzt wird. Ich denke, über kurz oder lang werde ich mir einen anderen Job suchen, aber das ist nicht so einfach.«

Jannis nickte, griff nach meiner Hand und zog mich an seine Brust. »So ist es doch viel bequemer, oder nicht?«, fragte er.

»Ja«, gab ich zu. Das war es wirklich. Ich mochte es, in seinen Armen zu liegen, seine Wärme zu spüren und seinen Duft einzuatmen. »Ich freue mich schon auf die Führung morgen.«

»Ich könnte dir auch alles zeigen«, bot er an.

»Nein, das ist nicht notwendig. Ich werde mit den anderen Gästen an der Führung teilnehmen. Es sind nette Menschen und du hast sicherlich etwas Wichtigeres zu tun.« Ich blickte zu ihm auf, und er lachte.

»Du willst wohl etwas Zeit mit Domenico Baldesarani verbringen. Er ist ebenfalls Einkäufer für eine Firma in Mailand.«

»Du bist jetzt aber nicht eifersüchtig«, meinte ich grinsend.

»Er ist ein gut aussehender Mann, elegant, und kennt

sich gut mit seiner Arbeit aus. Ich könnte es verstehen.« Er hob die Schultern.

»Was könntest du verstehen?«, hakte ich nach.

»Nun, dass du dich von so einem Mann angezogen fühlst.«

»Ich fühle mich von einem ganz anderen Mann angezogen. Er ist eigenwillig, klug, schön und besitzt etwas, was ich sehr mag … Eine Menge Wein.«

Nun lachte Jannis auf. »Ein Glück, dass du nicht ›eine Menge Geld‹ gesagt hast.«

»Du glaubst, ich bin auf Geld aus?«, fragte ich. Als er nichts sagte, wollte ich mich von dem Bett erheben, doch Jannis hielt mich auf.

»Nein, natürlich nicht. Ich habe mir nur einen Scherz erlaubt. Ich weiß, dass du keine Frau bist, die auf Geld aus ist. Bleib heute Nacht bei mir. Unsere letzte Nacht hat mir sehr gefallen und ich möchte eine weitere davon.«

Sein ernster Blick besänftigte mich und ich nickte. »Ich hoffe, du bist morgen früh nicht wieder verschwunden.«

»Wenn, dann weißt du zumindest, wo ich zu finden bin.«

10

Ich erwachte sehr früh, als die Sonne gerade am Horizont aufging. Neben mir schlief Jannis und ein Lächeln glitt über meine Züge. Er war noch da und das gefiel mir sehr.

Dann erinnerte ich mich daran, dass dies hier nicht das Hotel in Florenz war, sondern Jannis Hotel. Wenn man mich entdeckte, würde man über uns sprechen und Gerüchte in die Welt setzen. Das wollte ich auf jeden Fall vermeiden. Also stand ich leise auf, suchte meine Sachen zusammen und verließ das Schlafzimmer.

Im Bad zog ich mich rasch an, spähte dann auf den Gang hinaus. Er war leer.

Schnell lief ich in mein Zimmer hinüber und schloss die Tür hinter mir. Es hatte niemand mitbekommen, dass ich nicht hier geschlafen hatte. Ich schlüpfte in meinen Schlafanzug und legte mich ins Bett. Bis zum Frühstück hatte ich noch mehr als drei Stunden Zeit.

Ich versuchte, noch etwas zu schlafen, und warf einen kurzen Blick auf mein Handy. Milla hatte geschrieben, ob es mir gut ging. Ich schickte ihr ein Foto von dem Ausblick aus meinem Fenster und schrieb, dass ich auf einem Weingut untergekommen war. Es war noch so früh, dass ich keine Antwort erhielt; sie schlief noch. Ich würde mich später noch mal bei ihr melden.

Obwohl ich mit Jannis die halbe Nacht wach gelegen und geredet hatte, war ich nicht müde. Von meinem Bett aus konnte ich in den Himmel sehen, und das Blau steigerte meine Laune. Heute würde ein schöner Tag werden, und ich freute mich auf die Führung. Vielleicht würde ich in den nächsten Tagen mal nach Siena fahren. Dort war ich noch nie gewesen, hatte aber schon viel darüber gehört.

Irgendwann schlief ich doch noch ein und erst der Wecker meines Handys riss mich aus dem Schlaf. Ich streckte mich und spürte, dass ich hungrig war. Schnell sprang ich unter die Dusche und machte mich für den Tag fertig.

Auf dem Weg zum Speisesaal kam ich an der Rezeption vorbei, wo ich Jannis traf.

»Buongiorno!«, grüßte ich ihn.

Er hob den Kopf und grinste. »Halt, warte.« Er kam um den Tresen und legte einen Arm um meine Hüften, küsste mich auf den Mund. »Warum bist du heute Morgen einfach abgehauen?«, raunte er mir zu.

»Weil ich nicht will, dass jemand erfährt, dass wir miteinander schlafen«, sagte ich leise.

»Du meinst, du möchtest nicht, dass Marina davon Wind bekommt?«

»Ja, und dein Vater. Es wäre mir peinlich.« Ich sah ihn bittend an.

»Ich bin dir peinlich?«, flüsterte er mir zu, weil einige der Japaner an uns vorbeigingen und freundlich grüßten.

»Nein, natürlich nicht du, sondern wenn sie wüssten,

dass wir in einem Bett geschlafen haben.« Denn »miteinander geschlafen« hatten wir nicht.

»Buongiorno!« Marina kam schwungvoll durch die Schiebetüren herein und warf ihre Handtasche auf den Tresen. »Ich hoffe, ihr habt gut geschlafen.« Sie grinste wissend.

Nein! Sie konnte nichts wissen. Alles, was sie meinte zu durchschauen, waren reine Vermutungen.

»Also ich habe sehr gut geschlafen«, erklärte ich daher selbstbewusst.

»Aber nicht in deinem Bett. Ich habe gestern Abend noch an deine Tür geklopft, doch du warst nicht da. Dafür habe ich bei *dir* Stimmen gehört.« Sie sah Jannis lächelnd an.

Ich warf ihm einen hilflosen Blick zu. Was sollte ich denn jetzt sagen?

»Wer bist du? Sherlock Holmes? Hercule Poirot?«, fragte Jannis statt einer Antwort.

»Wer sollen die denn sein? Ich bin eben jemand, der Augen und Ohren offenhält. Seid ihr beiden jetzt ein Paar?« Sie blickte uns abwechselnd an.

»Nein«, sagten Jannis und ich wie aus einem Mund.

»Na, dann ist es also reiner Zufall, dass ihr beiden die gleichen Ketten tragt, jeder einen Teil eines Herzens, die zusammen ein vollständiges ergeben?« Sie lächelte milde. »Aber sagt nichts! Ich denke mir meinen Teil. Es ist euer Leben, das ihr hier verleugnet.«

»Ich gehe jetzt mal frühstücken«, erklärte ich, um mich aus dem Spiel zu nehmen. »Ich komme um vor Hunger.«

»Ich hätte auch Hunger, wenn ich erst gegen halb sechs in mein Zimmer gehuscht wäre.« Sie grinste. »Aber keine Angst, meine Lippen sind versiegelt.« Sie zog einen imaginären Reißverschluss an ihrem Mund zu und warf den nicht vorhandenen Schlüssel über ihre Schulter.

»Du solltest Schauspielerin werden, wie deine …« Jannis hielt abrupt inne, sprach den Satz nicht zu Ende. Er machte auf dem Absatz kehrt und verschwand in sein Büro. Was hatte er denn sagen wollen? »Wie deine Mutter«? »Deine Großmutter«? War Jannis Mutter vielleicht Schauspielerin gewesen? Ich blickte Marina an, die nur die Schultern hob.

»Ich bin dann mal frühstücken«, sagte ich und machte mich auf den Weg.

Ich hätte schwören können, dass mich niemand gesehen hatte. Das war jetzt echt peinlich. Ich konnte nur hoffen, dass es Marina selbst gewesen war und nicht eines der Zimmermädchen, die es ihr zugetragen hatte und weitertratschen würde. Resigniert seufzte ich. Unser Geheimnis war nun keines mehr.

Das Buffet war mit allem bestückt, was man sich wünschen konnte: Wurst, Käse, Marmelade, Tomaten mit Mozzarella, Lachs, Früchte, Müsli, Brot, Brötchen, Toast, Rührei, Butter, Würstchen, Oliven, Schafskäse, Weintrauben, Melonen. Ich wusste gar nicht, wofür ich mich entscheiden sollte. Zumindest dass ich einen Kaffee wollte, das war klar. Am Ende entschied ich mich für frische Brötchen, Lachs und eine Olivencreme, dazu ein Glas Orangensaft. Zum Nachtisch wählte ich Melone und naschte ein paar Oliven, die wunderbar schmeckten. Sie hatten eine gewisse Süße, die ich so nicht kannte.

»Guten Morgen, Antonia! Wie haben Sie die erste Nacht hier verbracht? Schläft man nicht wie ein Baby?«, fragte Bärbel Zimmermann, als ich mich zu ihnen an den Tisch setzte.

Ich lachte erleichtert auf. Im ersten Moment hatte ich

erwartet, dass auch sie wusste, dass ich die Nacht bei Jannis verbracht hatte. »Ja, wirklich wunderbar. Wenn man aufwacht und die Sonne ins Zimmer scheint, fühlt man sich wie neugeboren«, erklärte ich gut gelaunt.

Hans nickte zustimmend. »Ja, wenn es nach mir ginge, würde ich unsere Zelte in Deutschland abbrechen und in die Toskana ziehen. Aber Bärbel zögert noch.«

Ich biss in mein Brötchen und kaute. Nachdem ich geschluckt hatte, fragte ich: »Warum denn? Es ist doch herrlich hier. Wenn ich die Freiheit hätte, würde ich nicht lange zögern.«

Bärbel grinste. »Na, Sie haben ja auch einen gut aussehenden Grund.«

Ich spürte, wie mir die Röte in die Wangen schoss. »Oh nein, ich kenne Jannis gar nicht richtig, wir sind uns erst vor Kurzem begegnet«, versuchte ich zu erklären.

»Ach, das sagt doch gar nichts aus. Ich habe meine Bärbel gerade mal drei Monate gekannt, da habe ich bei ihrem Vater um ihre Hand angehalten. Früher hat man nicht lange gefackelt, sondern Nägel mit Köpfen gemacht. Aber die jungen Leute heutzutage kommen nicht in die Puschen. Kein Wunder, dass kaum noch jemand heiratet.« Hans schüttelte den Kopf und schnitt ein Stück Melone ab, das er mit Schinken umwickelte und sich in den Mund schob.

»Wie lange bleiben Sie?«, fragte ich, um das Thema zu wechseln.

»Nur noch bis morgen. Dann fahren wir Richtung Florenz, danach weiter nach Rom. Aber wir kommen bald wieder. Uns hat es hier wirklich gut gefallen, nicht wahr, Hans?«

Hans nickte und kaute mit vollem Mund. Das Frühstück schien ihm auf jeden Fall zu schmecken.

»Wie lange bleiben Sie noch?«, fragte Bärbel nach.

»Bis zum Wochenende. Am Sonntag fahre ich wieder nach Frankfurt. Dann ist mein Urlaub vorbei.«

»Na, da muss sich der junge Adonis aber ranhalten, damit er Sie noch überreden kann, länger zu bleiben.« Hans lachte und ich grinste leicht.

»Jetzt bring die junge Frau doch nicht so in Verlegenheit, Hans!« Bärbel schüttelte den Kopf.

»Schon in Ordnung, ich weiß einen guten Witz zu würdigen«, beschwichtigte ich und zwinkerte Hans zu.

Nach und nach trudelten auch die übrigen Gäste ein und ich verabschiedete mich, um noch mal hoch aufs Zimmer zu gehen. Um elf Uhr versammelten sich dann alle in der kleinen Lobby und warteten. Pünktlich erschien Christo und führte uns zu den Weinbergen. Er berichtete davon, wie der Großvater seiner Frau den ersten Rebstock gepflanzt hatte, zeigte die Stelle, die gar nicht weit vom Haus entfernt lag. Er stellte uns die verschiedenen Rebsorten vor, ließ uns die Trauben probieren. Neben den Feldern mit den Weinreben lag ein weiteres Feld, auf dem Olivenbäume standen.

»Die habe ich aus Griechenland importieren lassen«, berichtete Christo voller Stolz. »Es ist das Erbe meiner Familie. Wir haben früher Olivenöl hergestellt, doch dafür fehlt jetzt leider die Zeit. Jannis meint, wir sollten uns auf Wein spezialisieren.«

»Sind das die Oliven, die es heute zum Frühstück gab?«, fragte ich nach.

Christo nickte. »Ja, wir verwenden die geringe Ernte nur für die Eigenproduktion. Ich finde es schade, aber so ist es nun mal«, murmelte Christo, und ihm war anzusehen, wie nah ihm das ging. Er strich Pepe gedankenverloren über den Kopf, der wie ein Soldat neben ihm herlief.

»Lasst uns die Kelterei besichtigen!«, rief Christo und deutete auf einen Neubau, der hinter dem alten Weinhaus lag, das Jannis für die Angestellten umgebaut hatte. Das Gebäude war größer, als man zunächst dachte, da es den Abhang hinunter gebaut war. Es hatte ein rundes Dach und der Eingang war einem Eichenfass nachempfunden. In der Kellerei war es angenehm kühl. Es gab eine Menge Gehrungsbecken aus Edelstahl, und Christo erklärte den genauen Prozess, wie der Wein vergoren und gekeltert wurde. Das wirkliche Highlight war das Lager, in das wir anschließend geführt wurden. Hier lagerten die alten Eichenfässer, die immer noch in Gebrauch waren.

»Diese Fässer sorgen dafür, dass unser Wein diesen unverkennbaren Geschmack erhält.« Christo schien davon restlos überzeugt zu sein.

An Stehtischen, die aus Weinfässern hergestellt worden waren, gab es unterschiedliche Weine, die probiert werden konnten. Ich interessierte mich für den Dessertwein, den ich mit Jannis bei Roberto getrunken hatte. Aber es gab auch Weißweine und zwei Rote, die ich köstlich fand und die ich mir notierte. Ich würde ein Probepaket an meinen Chef senden. Er musst erkennen, wie gut diese Weine waren, obwohl er nicht experimentierfreudig daherkam, was für den Chef eines Weingroßhandels nicht förderlich war. Aber ich hatte ein Druckmittel: Sollte er meine Wahl ablehnen, würde er mich als Einkäuferin verlieren. Dann würde bald niemand mehr für ihn arbeiten wollen – was er sich selbst zuzuschreiben hatte, denn neben seiner ständigen Ungeduld war er auch noch extrem geizig. Mein Motto war: Wer Geld verdienen will, muss Geld investieren. Doch er nahm keine Lehre an.

Ich seufzte leise.

»So ein schweres Herz, liebe Antonia?«

Ich blickte auf und Christo lächelte mich an. »Was sagen Sie zu unseren Weinen?«

»Ich bin begeistert und würde gerne mit meinem Chef darüber sprechen. Könnten wir ein Probepaket zusammenstellen, das ich ihm schicke?«

»Natürlich. Dafür ist Jannis zuständig.« Christo nickte zustimmend.

»Sagen Sie, die Olivenbäume: Warum wird das Feld nicht weiter ausgebaut? Ihre Früchte sind so lecker«, lobte ich.

»Ach, die Bäume … Das ist ein ständiger Streitpunkt zwischen Jannis und mir. Aber ich habe ihm die Firma übergeben, ich habe hier nichts mehr zu sagen. Er meint, er hätte keine Zeit, sich darum zu kümmern. Was soll ich machen?« Christo sah traurig aus.

»Das sehe ich aber ganz anders. Die Früchte sind köstlich und Olivenöl ist ein gesuchtes Produkt, mit dem man eine Menge Geld verdienen kann. Es ist groß im Kommen und wäre ein lukratives Geschäft.«

Christo hob die Schultern. »Versuchen Sie, mit ihm darüber zu sprechen. Sie werden sehen, er lässt sich auf nichts ein. Dabei ist es unsere Familientradition. Es ist ein Jammer! Er verrät unsere Ideale, aber er ist stur wie ein Esel«, schimpfte Christo.

»Sprichst du wieder über mich?« Jannis war lautlos zu uns getreten und blickte seinen Vater böse an.

Dieser hob nur die Schultern und wandte sich den anderen Gästen zu. Es sah nicht so aus, als wollte er sich weiter mit seinem Sohn über das Thema austauschen. Vermutlich hatte er das mittlerweile aufgegeben.

»Hat er dich wieder mit seinen Olivenbäumen genervt?«, fragte Jannis und schüttete sich einen Schluck Wein ein, betrachtete ihn im Gegenlicht und probierte.

»Nein, *ich* habe *ihn* darauf angesprochen. Ich konnte die Früchte beim Frühstück probieren und bin begeistert. Warum willst du die Felder nicht weiter ausbauen?«

Jannis verdrehte die Augen. »Jetzt fängst du auch noch an! Du hast dich von Christo einlullen lassen.« Er strich sein Haar zurück.

»Das stimmt doch gar nicht! Er hat keinen Ton mir gegenüber gesagt, bis ich ihn darauf angesprochen habe. Wem kann ich meine Bestellung geben, damit diese ausgeführt wird?« Ich hielt ihm die Zettel mit meinen Wünschen entgegen.

»Ich bin dafür zuständig.«

Ich drückte ihm die Bestellung in die Hand und verließ auf direktem Weg die Kellerei.

Was glaubte er denn? Dass ich ihn belügen würde? Ich war wütend. Mit langen Schritten lief ich in Richtung der Felder. Aber ich bog vorher ab und schlug den Weg zu den Olivenbäumen ein. Einige von ihnen blühten bereits. Andere hatten keine Blüten, was daran lag, dass viele der Holzgewächse nur alle zwei Jahre Früchte trugen.

»Hey, Antonia! Jetzt warte doch mal!« Jannis kam hinter mir her und hatte Probleme, mich einzuholen. Er rannte los. »Es tut mir leid, so habe ich das nicht gemeint. Es gibt gute Gründe, warum ich mich von den Oliven abgewandt habe.« Schwer atmend blieb er vor mir stehen und stemmte die Hände in die Hüften. »Vor was rennst du denn davon?«

»Vor deinen falschen Anschuldigungen. Warum glaubst du mir nicht, wenn ich sage, dass ich deinen Vater nach den Bäumen befragt habe? Es interessiert mich. Ich beobachte den Olivenmarkt schon eine ganze Weile und bin sicher, dass hier ein Markt ist, der eine Menge Möglichkeiten bietet.«

Jannis seufzte. »Antonia, Italien ist der drittgrößte Olivenölproduzent der Welt. Es werden jährlich mehr als zwei Millionen Tonnen hergestellt. Glaubst du, da kommt es auf ein paar Bäume an, die ich hier pflanze?«

»Weißt du auch, wie viele Übernachtungen es im Jahr in Italien gibt? Kommt es da auf die paar Zimmer an, die du vermietest?«, hielt ich dagegen.

»Das ist doch etwas völlig anderes. Weißt du, mit welchen Problemen wir hier zu kämpfen haben? Die Tuberkelkrankheit, Blattläuse im Frühjahr. Anfang 2015 ging die Pierce-Krankheit von den Rebstöcken auch auf die Olivenbäume über und wir mussten in Süditalien über hunderttausend Olivenbäume fällen, um sie aus dem Verkehr zu ziehen. Von der Pflanzung bis zur ersten Ernte vergehen meistens bis zu sieben Jahre, das ist eine Menge Zeit. So ein Olivenhain muss gepflegt werden. Ich weigere mich, Maschinen zur Ernte einzusetzen. Hier wird alles von Hand erledigt, weil ich exzellente Qualität liefern will.«

»Dann kannst du doch jemanden dafür einstellen«, schlug ich ihm vor.

»Wenn das eine Bewerbung ist, dann kannst du die Stelle gerne haben«, entgegnete er wütend.

»Na klar, ich tausche einen schlecht gelaunten Chef gegen den anderen aus, das ist ja eine wesentliche Verbesserung für mich.«

»Zumindest ist das Wetter hier besser.«

Oh, er war so ein Idiot! Vor Wut stampfte ich mit dem Fuß auf, als wäre ich acht Jahre alt. »Weißt du was? Genau das werde ich tun. Ich werde mich um die Bäume kümmern, neue anpflanzen und das beste Olivenöl pressen, das die Welt je gesehen hat!«, rief ich ihm zu. Aufgeregt lief ich ein paar Schritte hin und her.

Völlig irritiert blickte Jannis mich an. »Weißt du, was du da gerade gesagt hast? Das bedeutet, du willst hier in Monteaperti bleiben? Du willst deinen Job aufgeben? Dein Leben in Deutschland? Für ein paar Bäume?« Er schien es nicht fassen zu können und sah mich entgeistert an.

Mein Herz rutschte mir in die Hose, weil ich es selbst nicht glauben konnte, was ich da gerade von mir gegeben hatte. Ich hatte gehofft, dass er sich darüber freuen würde, doch so sah es nicht aus. Daher schüttelte ich den Kopf. »Nein, Jannis. Nicht nur für ein paar Bäume, sondern für ein neues Leben. Aber du hast recht, es ist eine dumme Idee.« Ich ging mit schnellen Schritten an Jannis vorbei und ließ ihn einfach stehen.

Ich lief in mein Zimmer, zog den Koffer aus dem Schrank und begann wahllos meine Kleidung hineinzustopfen. Das war so eine dumme Idee gewesen! Wie hatte ich mich nur zu solchen Äußerungen hinreißen lassen? Ich verstand mich selbst nicht.

Es klopfte an der Tür, doch ich achtete nicht darauf. Ich würde auf keinen Fall öffnen.

Es klopfte erneut. Als ich wieder nicht reagierte, hämmerte Jannis gegen den Eingang. »Antonia, mach auf, sonst öffne ich von außen.« Sollte das etwa eine Drohung sein? »Hörst du? Ich werde mir jetzt den Generalschlüsselcode holen.«

Mein Handy klingelte und ich nahm das Gespräch an. »Du sollst mich in Ruhe lassen!«, knurrte ich immer noch wütend.

»Oh! Wow! So schlimm? Ist alles in Ordnung, Baby? Muss ich jemandem die Nase brechen?«

»Milla!« Erleichtert stöhnte ich auf und ließ mich auf das Bett fallen. »Ich bin so eine Idiotin! Ich habe einen riesigen Fehler gemacht.« Mir war zum Heulen zumute.

»Jetzt beruhig dich erst mal. Ich bin für dich da, wenn du mich brauchst, das weißt du, oder?«

»Natürlich weiß ich das«, knurrte ich.

»Soll ich nach Italien kommen?«, fragte sie sofort. Ich wusste, dass sie kommen würde, wenn ich sie darum bitten würde. Aber das konnte ich nicht von ihr verlangen.

»Nein, brauchst du nicht. Ich werde zurück nach Frankfurt kommen.«

»Ja, am Wochenende, aber bis dahin sind es noch fünf Tage.«

Die Tür zu meinem Zimmer flog auf und knallte gegen die Wand, wo die Klinke eine hässliche Delle hinterließ.

»Was ist denn da los? Ist alles okay?«, rief Milla besorgt.

»Ja … Ja, es ist alles gut. Ich rufe dich später wieder an, okay?«

»Nein, warte! War das der Adonis?«

Ich drückte das Gespräch weg und erhob mich, sah zu Jannis hinüber, der die Tür schloss, diesmal etwas leiser.

»Für die Macke an der Wand bin ich nicht verantwortlich. Nicht, dass du sie mir nachträglich in Rechnung stellst, weil ich das Zimmer demoliert habe.«

Mit drei großen Schritten war er bei mir und zog mich in seine Arme. »Ich stelle dir noch ganz andere Sachen in Rechnung, cara mia.« Dann küsste er mich stürmisch.

11

Jannis blickte mich mit so einem Feuer in den Augen an, dass ich nicht wusste, ob er mich wollte oder ob ich verschwinden sollte. Erst als er seine Lippen auf meine drückte und mich wild küsste, war klar, dass er mich nicht gehen lassen würde.

»Was machst du nur mit mir? Seit du in mein Leben getreten bist, ist nichts mehr wie vorher. Du bist wie ein Orkan, der alles durcheinanderwirbelt«, flüsterte er an meinem Mund.

»Dann ist es wohl wirklich besser, wenn ich hier verschwinde. Ich hätte gar nicht erst kommen sollen.«

Er legte seine Stirn an meine. »Nein, ich will nicht, dass du gehst. Ich will, dass du hierbleibst, hier bei mir und diese verfluchten Bäume pflanzt und dich darum kümmerst.« Er hielt mich so fest, dass ich mich nicht abwenden konnte.

»Nein, es war eine dumme Idee, das weiß ich jetzt. Ich habe überhaupt keine Ahnung von Oliven. Ich kann doch nicht einfach nach Italien ziehen. Wo soll ich denn hier wohnen? Ich habe zwar etwas Geld gespart, aber wenn das erste Öl erst in sieben Jahren geerntet werden kann, wie soll ich inzwischen Geld verdienen? Wie du siehst, habe ich das Ganze nicht richtig durchdacht.«

»Lass uns doch in Ruhe darüber reden, was für Optionen wir haben. Ich weiß nur, dass ich nicht möchte, dass du mich wieder so schnell verlässt. Es gibt eine Menge Möglichkeiten, glaube mir.« Er umschloss mein Gesicht mit beiden Händen. »Bitte, Antonia, bleib hier. Zumindest bis zum Ende deines Urlaubs. Ich will dir noch so viel zeigen.« Er sah mich eindringlich an.

»Marina will dich auch besser kennenlernen, das hat sie mir gesagt. Bitte enttäusche sie nicht.«

»Du weißt, dass es nicht fair ist, Marina ins Spiel zu bringen.«

Er lächelte und sah gleich ein wenig freundlicher aus. »Ich weiß, dass es ungerecht ist. Ich spiele mit allen unfairen Mitteln, die mir zur Verfügung stehen. Sie hat mir gesagt, dass sie mit dir morgen nach Siena will.«

»Aha! Davon weiß ich gar nichts.«

»Sie wollte dich fragen, wenn du von der Führung zurück bist.«

Ich warf einen Blick auf meinen halb gepackten Koffer. »Dann sollten wir vielleicht die Führung fortsetzen«, schlug ich vor.

»Ich werde ein Zimmermädchen hier heraufschicken, damit sie das Chaos beseitigt«, schlug Jannis vor.

»Nein, das ist mein Chaos und ich werde es selbst wegräumen«, beharrte ich.

Er nickte. »Gut, dann lass uns gehen und ich zeige dir mehr.«

Er nahm meine Hand und gemeinsam verließen wir das Haus.

Christo hatte die Verkostung mittlerweile beendet und

die Gäste waren zum Mittagessen ins Dorf oder nach Siena gefahren. Wir liefen hinüber zur Kelterei und Jannis zeigte mir die Fässer mit den besten Jahrgängen, und die Produktion, erklärte mir die Vorhänge genau.

»Ich mag die Etiketten, sie sind schlicht und edel designt.« Ich strich mit den Fingern über das Papier an den Flaschen.

»Das hat Marina entworfen. Sie ist sehr gut darin.«

»Deine Tochter hat wirklich eine Menge Talente. Sie kümmert sich reizend um die Gäste und arbeitet kräftig mit, das kann man nicht von allen Kindern sagen.«

Jannis nickte. »Ja, sie ist ein gutes Mädchen, aber dafür ist mein Vater verantwortlich, ich hatte wenig Zeit für sie.«

Das konnte ich mir gut vorstellen. Er hatte eine Menge erreicht, das brauchte Zeit, viel Zeit, und er hatte auch noch studiert. Jannis hatte wirklich kein leichtes Leben gehabt und trotzdem viel daraus gemacht.

»Schau mal, was ich hier für dich habe.« Er zog mich in einen kleinen Raum, der als Abstellkammer diente. Er nahm ein Tuch von einem Gestell. »Schau mal, das ist eine Olivenpresse. Sie ist schon etwas älter, aber noch gut in Schuss. Dieser Raum ist nicht sehr groß, doch wenn man aufräumt, dann wäre genug Platz für dich und dein Olivenöl. Vorerst brauchst du ja keine große Fläche, bis wir mehr Bäume gepflanzt haben. Wir müssen ja nicht bei null anfangen, wir können Bäume kaufen, die schon mehrjährig sind. Was meinst du?«

»Und du glaubst, ich bekomme das hin?« Ich war mir plötzlich nicht mehr sicher.

»Ja, ich denke, du bist bereit für einen Neuanfang. Und warum nicht in der Toskana?«

»Wenn ich das meinen Freundinnen erzähle, werden

sie denken, dass ich den Verstand verloren habe«, murmelte ich.

»Nein, sie werden vorbeikommen und mir mächtig auf den Zahn fühlen. Das machen Freundinnen doch so, oder nicht?« Er sah mich fragend an.

Ich musste lachen, als ich an Milla dachte. »Ja, da liegst du vermutlich richtig.«

»Denk in Ruhe darüber nach. Die Entscheidung ist nicht einfach, du hast dein Leben in Frankfurt und einen gut bezahlten Job. Aber ich werde in den nächsten Tagen alles dafür tun, um dir die Entscheidung verdammt schwer zu machen.« Er nahm meine Hand und küsste sie. »Lass uns heute Abend bei einem gemeinsamen Essen darüber sprechen.«

»Du meinst, mit den anderen Gästen?«

Er schüttelte den Kopf. »Nein, in meiner Wohnung. Ich werde nur für uns beide kochen.«

Er verschränkte unsere Finger und führte mich in sein Büro.

Es war ein recht großer Raum, der hinter der Anmeldung lag. Vorgelagert war ein Zimmer, der für eine Assistentin vorgesehen war, doch die letzte hatte vor einigen Monaten gekündigt.

»Sie hat Jannis Launen nicht weiter ertragen«, erklärte mir Marina und zwinkerte mir zu.

Jannis starrte sie nieder, was nicht recht klappen wollte. »Wenn ihr euch gegen mich verbünden wollt, nur zu. Ich muss arbeiten«, erklärte er und machte sich auf den Weg.

Marina lachte. »Mein Vater kommt mit Kritik nicht gut klar.« Sie winkte ab. »Wollen wir morgen zusammen nach Siena fahren? Ich würde dir gerne die Stadt zeigen.«

»Das würde mich sehr freuen, Marina. Wann wollen wir uns treffen?«

»Wollen wir das heute beim Abendessen besprechen?«, fragte sie.

Ich biss mir auf die Unterlippe. »Ich esse heute Abend bei deinem Vater. Er mich eingeladen.«

»Er kocht für dich?«, fragte sie überrascht. »Dann ist er definitiv in dich verliebt. Er hat noch nie für eine Frau gekocht.«

Ich konnte mir einfach nicht vorstellen, dass Jannis bei seinem Aussehen keine Angebote von Gästinnen oder anderen Frauen bekommen hatte. »Er wird doch sicherlich in der Vergangenheit Freundinnen gehabt haben?«, entfuhr es mir.

»Jannis ist sehr diskret, wenn es darum geht. Du kannst mir glauben, dass er nie etwas mit weiblichen Gästen angefangen hat. Er fährt zweimal im Jahr nach Florenz, aber bleibt meist nur eine Nacht. Ich weiß nicht, ob er sich dort mit jemandem trifft, aber du bist die erste Frau, die ihm gefolgt ist.« Wir standen in seinem Büro, die Tür war nur angelehnt, daher sprachen wir leise.

»Ich bin ihm nicht gefolgt, weil wir etwas miteinander angefangen haben«, versuchte ich mich zu erklären.

Marina winkte ab. »Ich würde es mir für ihn wünschen. Er ist schon lange allein. Als ich klein war, hat es nur meine Mutter gegeben, aber sie hat uns verlassen, weil ihr die Arbeit auf dem Weingut zu hart war. Sie ist direkt nach meiner Geburt abgehauen. Er hatte nicht viel Glück mit der Liebe, deshalb freue ich mich, dass er dich getroffen hat.«

»Aber dir ist schon klar, dass ich nur eine Touristin bin und bald wieder nach Deutschland fahre?«

»Na, da bin ich mir nicht so sicher. Das glaube ich erst, wenn ich die Rücklichter deines Wagens sehe.«

Ich lachte. »Du bist ja ein richtiger Optimist.«

»Glaube mir, Antonia, wenn du seine Tochter wärst, würdest du die Welt auch so sehen, um nicht unterzugehen.«

»Lästert sie wieder über mich?« Wir hörten Jannis Stimme durch die Tür.

»Ich lobe dich in den höchsten Tönen«, erklärte Marina. »Besonders deine selbst gemachten Tagliatelle Toscana.«

»Dann weißt du also, dass ich heute Abend Besuch habe. Ich will keine Störungen von ungeliebten Verwandten«, entgegnete er, ohne sich sehen zu lassen.

»Na, dann kann ich ja nicht gemeint sein, denn du liebst mich. Auch wenn du mir nie ein Geschenk mitbringst, wenn du verreist.«

»Hör auf, dich zu beschweren. Ich bezahle deine Kreditkarte, du kannst dir deine Geschenke selbst aussuchen.«

Marina lachte auf und sah mich an. »Das werden wir morgen auch tun«, flüsterte sie mir zu.

»Das habe ich gehört.« Er streckte den Kopf zur Tür hinein. »Jetzt lass Antonia in Ruhe, sie hat Urlaub und soll sich etwas ausruhen.«

Ich machte mich auf den Weg in mein Zimmer, das inzwischen von einem Zimmermädchen aufgeräumt worden war. Sie hatte meinen Koffer wieder in die Ecke gestellt und die Kleidung fein säuberlich in den Schrank geräumt. Dabei hatte ich das doch selbst erledigen wollen. Vielleicht hatte die Angestellte es von sich aus bewerkstellig, ohne dass Jannis seine Finger im Spiel gehabt hatte. Aber so ganz sicher war ich mir da nicht.

Ich schickte einige Bilder in die WhatsApp-Gruppe, die ich von dem Gut und den Feldern gemacht hatte, auch von der Verkostung zusammen mit Christo.

Es dauerte einige Zeit, bis ich eine Antwort von Johanna erhielt. Milla und Carolin waren wohl beschäftigt, sie würden sich bestimmt am Abend melden.

JOHANNA

Es sieht wundervoll aus. Ich bin so neidisch und würde gerne mit dir tauschen. Dicke Umarmung!

ANTONIA

Wie sieht es mit deiner Übersetzung aus?

JOHANNA

Fast fertig! Danach brauche ich echt Urlaub.

Sie schickte ein Smiley, das einen Verband um den Kopf trug.

ANTONIA

Dann komm nach Italien!

JOHANNA

Keine Chance, Frankreich wartet auf mich!

Das Ganze war mit einer Grinsekatze untermalt.

Ich bezweifelte, dass es in der Bretagne so schön war wie in der Toskana, aber jeder hatte nun mal andere Vorlieben. Und meine hatte eindeutig schwarze Haare, braune Augen und war mindestens einen Meter fünfundachtzig groß.

12

Ich zog eine Jeans und ein T-Shirt an, dazu ein paar flache Sandalen. Ich brauchte schließlich nur zur gegenüberliegenden Tür zu gehen.

Auf mein Klopfen hin öffnete Jannis und lächelte. »Du siehst toll aus«, meinte er und küsste meine Wange. »Komm rein, das Essen ist gleich fertig.«

Ich betrat die Wohnung und strich mein blondes Haar über die Schultern, weil ich es offen trug. Ich war der Meinung, dass Jannis meine Locken gefielen, und so, wie er mich ansah, bestätigte er meine Vermutung.

»Was riecht hier denn so gut?«, fragte ich und folgte dem Duft, der unverkennbar aus der Küche kam.

»Ich glaube, ich habe es mit dem Knoblauch übertrieben«, meinte er kleinlaut.

»Kann man es mit Knoblauch übertreiben, wenn man es gemeinsam isst?«

Er warf mir ein sexy Lächeln zu und erst jetzt fiel mir auf, dass er ebenfalls nur Jeans und ein weißes T-Shirt trug.

Das war ja fast wie Partnerlook, nur dass er kein

Schuhwerk trug. Ich hatte noch nie einen Mann mit so schönen Füßen gesehen.

»Wo hast du die Teller?«, fragte ich, weil ich helfen wollte.

»Ich habe den Tisch im Esszimmer schon gedeckt. Wenn du nur die große Schüssel holen würdest …«

Ich ging hinüber ins Esszimmer und war überrascht, wie schön der Tisch gedeckt war. Es stand sogar ein kleiner Strauß frischer Blumen darauf.

»Die Blumen sind von Marina«, rief Jannis mir zu. »Ich werde das Gefühl nicht los, dass sie unbedingt möchte, dass du hierbleibst.«

»Ja, diesen Eindruck habe ich auch. Sie hat mir heute gesagt, dass sie sich wünscht, dass wir was miteinander anfangen, weil du immer so allein bist.«

Er lachte. »Ich glaube, obwohl sie schon so alt ist, ist sie immer noch auf der Suche nach einer Mutter.«

Ich kam mit der Schüssel in die Küche. »Kannst du es ihr verdenken, wenn sie nie eine hatte?«

»Nein, aber ich kann von meiner Partnerin nicht verlangen, dass sie diese Rolle einfach so übernimmt. Es gibt viele Frauen, die keine Kinder wollen. Schon gar nicht, wenn der Nachwuchs bereits zwanzig ist.«

»Ich fände es eine schöne Sache. Ich denke, sie sucht weniger eine Mutter als vielleicht eine Vertraute, eine Freundin, mit der sie sich austauschen kann«, überlegte ich laut. »Was ist falsch daran, ein Kind zu bekommen, das man nicht mehr erziehen muss? Wenn ich daran denke, wie ich in der Pubertät war, sollte ich es mir mit eigenen Kindern vielleicht überlegen.« Ich lachte verlegen.

»Ich bin mir sicher, dass du wundervolle Kinder bekommst«, meinte er zuversichtlich, legte von hinten die Arme um meine Hüften und küsste meinen Hals.

»Das ist sehr lieb von dir«, murmelte ich und schloss meine Augen, genoss seine Zärtlichkeit. Ich war mir sicher: Wenn Jannis und ich ein Kind bekommen würden, würde ich es über alles lieben.

»Möchtest du überhaupt einmal Kinder?«, fragte er, als wir hinüber ins Esszimmer gingen und uns an den Tisch setzten. Jannis hatte die Nudeln von der Pfanne in eine Schüssel gegeben. Es duftete nach Knoblauch, Zwiebeln, frischen Tomaten, grünem Spargel, Mozzarella und Avocado. Er legte mir eine Portion auf den Teller, dann goss er den Wein dazu ein.

Ich probierte und war begeistert. Die Soße hatte eine milde Schärfe, aber ich schmeckte ebenfalls eine gewisse Süße heraus.

»Mhm, das ist echt toll. Hast du mit Zucker gearbeitet?«, fragte ich.

»Nein, das ist Agavendicksaft. Das benutze ich anstelle von Zucker.«

»Es ist so köstlich.«

»Morgen werde ich dir meine berühmte Moussaka kochen«, erklärte er selbstbewusst. »Ich meine natürlich, wenn du möchtest«, ruderte er sofort zurück.

» Ja, natürlich möchte ich.« Ich lächelte versonnen. »Ich liebe die griechische Küche.«

»Na, dann haben wir beide wohl morgen Abend ein Date.« Er zwinkerte mir zu.

»Ja, sieht ganz so aus.«

Er blickte mich ernst an, dann begann auch er zu essen.

»Um auf deine Frage zurückzukommen: Irgendwann will ich auch mal Kinder haben. Eines oder vielleicht zwei. Ich mache mir da keinen Stress, weil ich erst einmal den richtigen Partner dazu brauche.«

Jannis sagte nicht viel dazu. Wir aßen und tranken und

unterhielten uns über den Wein und das Essen. Ich erzählte von meinem morgigen Ausflug mit Marina nach Siena und dass ich mich sehr darauf freute.

»Sie wird dir auf den Zahn fühlen. Und mich vermutlich wie ein Preisstier anbieten, das zur Versteigerung steht.« Er lachte bei seinen Worten auf. »Komm, setzen wir uns rüber und machen es uns gemütlich.«

»Können wir uns ins Schlafzimmer setzen und dem Sonnenuntergang zusehen?«, fragte ich ganz spontan. Dann erkannte ich, was ich da gesagt hatte, und biss mir auf die Unterlippe. Das hörte sich ja an, als würde ich …

»Sorry, so meinte ich das nicht. Ich liebe nur dieses Fenster und dieser Ausblick ist einfach umwerfend.«

Ein freches Grinsen huschte über Jannis Gesicht. »Was glaubst du, warum ich es einbauen lassen habe? Damit heiße Frauen mich fragen, ob wir uns in mein Schlafzimmer setzen.«

»Wenn ich deiner Tochter glauben darf, dann waren das wohl nicht allzu viele Frauen.«

»Ich sollte dieses Mädchen übers Knie legen«, brummte er.

»Na, dafür ist sie wohl zu alt, und außerdem darf man seine Kinder nicht schlagen«, meinte ich entrüstet.

»Na, da hat Marina ja richtig Glück.« Er nahm meine Hand. »Nimm dein Glas mit.« Er griff nach seinem und der Flasche, zog mich mit der anderen Hand mit sich.

Ich stellte das Glas auf dem Nachttisch ab, setzte mich mit dem Rücken gegen das Kopfteil gelehnt auf das Bett und blickte zum Fenster hinaus. Es war unglaublich, dieser Ausblick auf die Weinberge, jetzt, wo der Himmel sich orange-rot färbte, mit einem Hang zum Violetten. Kleine Wolken zogen am Horizont entlang. Es wirkte, als würde in der Ferne ein Feuer brennen.

»Es ist so sagenhaft, dass man es kaum beschreiben kann. Darf ich ein Foto machen?«, fragte ich Jannis, als er zu mir ins Bett kletterte.

»Natürlich. Willst du deine Freundinnen neidisch machen?«

Ich lachte. »Ja, ein wenig. So einen Himmel habe ich in Frankfurt noch nie gesehen.«

»Es liegt an der Kulisse. Der Himmel ist auf der ganzen Welt der gleiche, aber was ihn für uns unterschiedlich macht, ist der Ort und mit wem wir die Aussicht verbringen.«

Ich schoss schnell einige Fotos und blickte dann Jannis an. »Das hast du sehr schön gesagt.«

»Du bist es, die mich zu solchen Sätzen inspiriert«, gab er zu und sah mich an.

Mein Herz begann plötzlich laut zu pochen. Ich streckte die Hand aus und berührte seine Wange, strich über die feinen Bartstoppeln. Aus einem Impuls heraus setzte ich mich rittlings auf seine Beine und küsste ihn. Erst seine Lippen, die Mundwinkel, dann seine Augen, fuhr mit dem Mund seine Stirn entlang. Ich spürte seine Hände auf meinem Körper, wie sie unter das T-Shirt glitten und es vorsichtig hochschoben. Ich hob die Hände über meinen Kopf, damit er mir das Shirt ausziehen konnte.

»Bleib heute Nacht bei mir«, forderte er mich auf und ich nickte.

Ja, ich würde bei ihm bleiben.

»Bist du auch noch da, wenn ich am Morgen aufwache?«, fragte Jannis und seine Stimme klang nicht so selbstsicher, wie sie es sonst immer tat.

»Ja, ich werde da sein«, versprach ich.

Ein zärtliches Lächeln breitete sich auf seinem Gesicht

aus. »Ich werde dafür sorgen, dass du nie mehr gehen willst«, erklärte er und öffnete meine Jeans, warf mich auf den Rücken und zog sie mir aus.

Er hatte ja keine Ahnung, dass er mich längst so weit gebracht hatte, dass ich mich in diesen Flecken Erde verliebt hatte – und in ihn.

Das würde ich ihm allerdings nicht verraten. Das war viel zu früh. Damit würde ich mich angreifbar machen und ich wollte auf der sicheren Seite bleiben.

Ich zerrte an seinem Shirt und er zog es schnell über den Kopf, warf es auf einen Stuhl, der am Fenster stand und auf dem auch seine Anzughose lag.

Sein Mund erforschte meinen Körper und ich wand mich unter diesen Berührungen. »Beweg dich nicht«, forderte er mich auf, fuhr mit den Fingerkuppen die Spur meiner Lippen nach.

»Das ist reine Folter«, presste ich heraus, hielt aber still.

»Nein, es ist keine Folter, es ist ein Gefallen, den du mir erfüllst.«

»Dann bist du mir auch einen Gefallen schuldig«, forderte ich ein.

Er kam zu mir hoch, blickte mir tief in die Augen. »Jeden, den du von mir verlangst.«

»Ich werde mir etwas überlegen«, erwiderte ich, weil ich in diesem Augenblick gar nicht denken konnte.

»Ich wüsste schon was, aber darüber werden wir später sprechen.«

»Wann denn später?«, fragte ich atemlos, als er den BH öffnete und mir auszog. Dann berührte er mit der Zunge meine Brustspitzen, und ich schnappte nach Luft.

»Viel später, mein Liebling.«

Meine Hände tasteten sich zu seiner Jeans vor, öffneten die Knöpfe und zog sie ihm mitsamt der Unterhose aus.

Ich wollte seine Haut auf meiner spüren. Seine Wärme, die mir so viel Geborgenheit schenkte.

»Du musst lernen, geduldiger zu sein.«

Er hatte leicht reden! Ich gehörte nun mal zu den Menschen, die, als Gott die Geduld verteilte, keine Zeit gehabt hatten, um anzustehen. »Die habe ich aber nicht, wenn es um dich geht«, verriet ich ihm.

Ich spürte sein Lachen an meiner Haut, während er meine Brüste küsste. »Dann werde ich es dir wohl beibringen müssen.«

13

Erschöpft lag ich in Jannis Armen. Ich brauchte einige Minuten, um wieder Luft zu bekommen. Der Orgasmus hatte mir alles abverlangt und ich hatte Angst, keinen Sauerstoff mehr zu bekommen. Jannis ging es ähnlich. Auch er atmete angestrengt ein und aus.

Ich erhob mich, trank einen Schluck Wein und sah zum Fenster hinaus. Mittlerweile war die Sonne untergegangen und Tausend kleine Sterne glitzerten am Nachthimmel. Der Mond begann langsam abzunehmen, aber noch stand er fast rund am Firmament.

»Es ist so wunderschön hier, dass man gar nicht mehr gehen will«, sagte ich andächtig.

Jannis verschränkte die Arme hinter dem Kopf und blickte zu mir herüber. »Dann bleib hier. Ich habe ein Angebot für dich: Ich stelle dich als Verkaufsmanagerin ein. Ich tue das nicht nur zum Eigennutz. Du kennst dich in der Branche bestens aus, du hast Kontakte, die mir nutzen könnten. Und du könntest dich um die Olivenbäume kümmern. Wenn du willst, auch dein eigenes Öl herstellen und vertreiben. Wie klingt das für dich?«

Ich drehte mich zu ihm um. Das Licht war ausgeschaltet, und ich erkannte ihn auf die Entfernung nur schemenhaft. »Das ist nicht dein Ernst«, murmelte ich.

Jannis griff zum Lichtschalter und dimmte das Licht, sodass man etwas erkennen konnte. »Doch, ich meine es sehr ernst.«

»Du liegst hier nackt vor mir in deinem Bett und machst mir so ein Angebot?« Ich konnte es nicht fassen.

»Nun, wenn du darauf bestehst, kann ich meine Unterhose überstreifen oder gleich einen Anzug anziehen und den Vorschlag noch mal wiederholen. Allerdings würde es nichts an meiner Idee ändern.« Er drehte sich auf die Seite und stützte den Kopf auf eine Hand ab. »Was sagst du?«

»Du meinst, ich wäre für den Vertrieb zuständig?«

Er nickte. »Ich zahle dir mehr, als du in deiner jetzigen Position verdienst, dazu eine Prämie, und du kannst hier wohnen. Das Essen wäre auch frei.«

Ich lachte hysterisch auf. »Das ist zu schön, um wahr zu sein. Wo ist der Haken?«

»Der Haken ist wohl, dass du es mit mir als Chef zu tun bekommst. Ich bin launisch, arrogant und selbstgefällig. Ich habe schlechte Laune, wenn es regnet, weiß alles besser und will mir selten etwas sagen lassen, aber ansonsten kann man es gut mit mir aushalten. Und ich bin eine Kanone im Bett.«

Ich schüttelte den Kopf.

Sein Gesicht verdunkelte sich. »Was? Bin ich das etwa nicht?«

»Nein … Doch, natürlich. Aber wenn ich für dich arbeite, werde ich nicht mit dir schlafen. Ich trenne Business und Privatleben. Ich schlafe nicht mit meinem Chef.«

»Mhm«, meinte er nur. »Das macht es natürlich etwas kompliziert. Ich müsste dich dann also immer am Abend entlassen und morgens wieder einstellen, damit wir die Nacht miteinander verbringen können?« Er grinste.

»Du nimmst das überhaupt nicht ernst«, rief ich wütend und zog mein Höschen und das Shirt über.

»Hey, Antonia! Es geht ums Geschäft und das nehme ich verdammt ernst«, erklärte er und zog eine Jogginghose über. »Aber deine Regel ist Schwachsinn. Warum sollten wir keine Beziehung führen, wenn du für mich arbeitest?«

Ah! Jetzt wollte er schon eine Beziehung mit mir führen. War das zu glauben?

»Weil wir uns kaum kennen. Erst ein paar Tage, mehr nicht. Da kann ich doch nicht alles in Frankfurt aufgeben und zu dir nach Monteaperti ziehen. Was ist, wenn es nur ein Strohfeuer ist und wir uns in drei Monaten nicht mehr ausstehen können? Für dich würde sich nicht viel ändern, aber ich muss dann wieder neu anfangen. Das ist ein großes Risiko für mich.«

Er fuhr sich mal wieder durch sein Haar, strich es sich aus den Augen, lehnte sich an das hohe Bett und zog mich zwischen seine gespreizten Beine. »Cara mia, ich kann diesen Einwand verstehen. Du hast recht, wir kennen uns kaum und das geht alles sehr schnell. Aber wir sind beide alt genug, um zu erkennen, wenn sich etwas richtig anfühlt. Wir sind doch keine Teenager mehr. Und was ist, wenn du zurück nach Frankfurt fährst und bemerkst, dass du viel lieber hier bei mir wärst? Was hältst du von der Idee, wenn du deine Wohnung erst einmal behältst? Bis du dir sicher bist, dass es zwischen uns klappt.«

Ich wusste plötzlich gar nicht mehr, wo mir der Kopf stand. Gerade hatte er mir noch einen Job angeboten und jetzt sprach er von einer Beziehung? Wer kam denn da noch mit?

»Jannis, du verwirrst mich total. Ich dachte, wir sprechen hier von einem Jobangebot und jetzt redest du davon, dass wir eine Beziehung führen wollen?«

Er sah mir suchend ins Gesicht. »Willst du das denn nicht?«, fragte er, und seine Stimme hörte sich zerbrechlich an, wie die eines kleinen Jungen.

Ich antwortete, ohne darüber nachzudenken, hörte auf die Worte meines Herzens. »Doch, ich will es auch. Nur hört sich das alles so traumhaft an, dass ich nicht wage, daran zu glauben, weil ich Angst habe, es könnte sich alles so schnell auflösen wie Zuckerwatte im Regen.«

Vorsichtig fuhr Jannis mit einem Zeigefinger meine Wange entlang. »Ja, es ist fast schon unglaublich, dass wir uns getroffen haben, aber zauberhaft. Nicht zu erwarten, aber trotzdem wahr. Warum sollten wir beide nicht auch einmal Glück im Leben haben?«

Ja, warum eigentlich nicht? Vielleicht wollte ich ja gar nicht ein großes Stück Glück abbekommen, etwas weniger Pech würde mir schon reichen. »Es fällt mir schwer, zu glauben, dass ich an der Reihe bin«, gab ich offen zu.

Jannis schloss mich in seine Arme. »Doch, du kannst daran glauben. Jetzt bist du mal dran und ich auch.« Wir waren etwa gleich groß, sahen uns in die Augen. »Ich weiß, dass du das Beste bist, was mir seit Langem passiert ist. Ich will dich einfach nicht gehen lassen, bevor wir es nicht ausprobiert haben. Gibt es vielleicht jemanden, der in Frankfurt auf dich wartet?«

»Nein, das habe ich doch gesagt. Es gibt nur meine Freundinnen, und sie werden sich darüber freuen, mich einmal im Jahr hier zu besuchen. Glaubst du mir nicht?«

»Doch, natürlich vertraue ich dir. Ich suche nur nach einem Grund, warum du nicht hierbleiben willst.«

Ich legte meine Hände auf seinen Schultern ab. »Es gibt keinen Grund. Aber wenn es einen gäbe, dann bräuchte ich mich nicht auf ein Risiko einlassen, also suche ich wie verrückt danach. Aber nein, es gibt keinen, der mich von dieser Verrücktheit abhält, mein bisheriges Leben über Bord zu werfen und ein neues zu beginnen.«

Jannis schmunzelte. »Ich weiß, dass du mutig genug bist, um das durchzuziehen. Du hast recht, für mich ändert sich nicht so viel wie für dich. Aber auch ich gehe ein Risiko ein. Ich werfe mein Herz in den Ring und gehe die Gefahr ein, dass es verletzt wird. Darin bin ich nicht so gut. Es musste schon mal ganz neu zusammengesetzt werden, und jedes Mal bleiben Stücke übrig, die man nicht mehr unterbringen kann. Ich denke, wir haben beide eine Menge zu verlieren, deshalb werden wir vorsichtig sein.«

Ich sah ihm tief in die Augen und nickte. »Ja, Jannis, das werden wir.«

Er gab mir einen zärtlichen Kuss. »Dann lass uns ins Bett gehen und schlafen. In den nächsten Tagen haben wir eine Menge zu besprechen.«

»Du wirst auch mit deinem Vater darüber reden müssen«, meinte ich, während ich mich in sein Bett legte.

»Es ist meine Firma, da brauche ich seine Erlaubnis nicht.«

»Dann werde ich das tun ihn informieren, dass es bald eine Menge neuer Olivenbäume geben wird.«

»Da wirst du offene Türen bei ihm einrennen. Er wird dich lieben und mich vom Gut jagen.«

Na, so schlimm würde es schon nicht werden, aber ich lächelte nur und löschte das Licht.

14

Die Fahrt von Monteaperti nach Siena startete nach einem kurzen Frühstück. Das Wetter war herrlich, weil die Sonne vom Himmel strahlte und die Temperaturen angenehm waren. Jannis hatte uns mit einem sauren Gesicht verabschiedet. Dabei wusste ich nicht, ob es daran lag, dass Marina sich einen freien Tag gönnte oder dass sie seinen Ferrari genommen hatte.

»Wer bitte kauft sich ein gelbes Auto?«, spottete Marina laut, als wir die Landstraße entlang brausten. »Ein Ferrari muss rot sein.«

»Gelb ist wirklich etwas außergewöhnlich, selbst für Jannis«, gab ich zu. Ich wusste, dass es eine Sonderausstattung war, hätte ihm aber eher ein schwarzes Auto zugetraut.

»Er hasst es, wenn ich seinen Wagen fahre, weil dann immer alles verstellt ist, da ich viel kleiner bin, und genau deshalb tue ich es.« Sie sah mich kurz an, dann lachte sie auf und ich stimmte mit ein.

»Du hast dich in ihn verliebt. Ich sehe es dir an. Deine

Wangen sind so rosig und deine Augen strahlen«, stellte sie fest.

»Du bist eine gute Beobachterin. Dein Vater hat mir einen Job auf dem Weingut angeboten. Was hältst du davon?«

»Was? Wirklich?« Sie trat so hart auf die Bremse, dass ich nach vorne kippte. Gut, dass ich den Gurt angelegt hatte. »Oh, das wäre wunderbar! Endlich jemand, der Ordnung in den Laden bringt. Jannis ist im Büro eine Katastrophe. Du wirst doch im Büro arbeiten?«, fragte sie nach.

»Nun, ich werde auf jeden Fall keine Reben ernten. Ich soll mich um den Verkauf kümmern, also eine Menge Büroarbeit. Ich denke, wir beide würden dann viel zusammenarbeiten«, überlegte ich laut.

»Es hört sich jedoch nach einem ›Aber‹ an.« Marina fuhr langsam weiter.

»Kein ›Aber‹, der Vertrieb ist nicht meine einzige Tätigkeit. Ich will Olivenbäume anpflanzen und selber Olivenöl herstellen. Eure Früchte sind erstklassig, und ich bin mir sicher, dass es hervorragendes Öl ergeben wird.«

»Wirklich? Oh mein Gott, das wird den Patron sehr freuen. Es ist ein ständiges Streitthema zwischen meinem Großvater und Jannis. Christo wird dich auf Händen tragen, wenn er davon erfährt.« Marina war ganz aus dem Häuschen. »Weißt du, ich glaube, Jannis hat sich richtig in dich verliebt. Er hat immer gesagt, dass er keine Beziehung mit einer Angestellten eingehen will, weil es nur Komplikationen mit sich bringt. Und nun bietet er dir eine Stelle an. Diesen Mann soll mal einer verstehen.«

»Ich gebe zu, dass ich ein paar Bedenken habe. Was, wenn es nicht klappt? Wenn das alles nur ein Strohfeuer ist? Ich gebe in Frankfurt eine Menge auf, es ist ein Risiko für mich.«

Marina nickte zustimmend. »Das stimmt schon. Aber wenn du dieses Risiko nicht eingehst, werdet ihr nie erfahren, ob es klappt. Manchmal muss man mutig sein, ins kalte Wasser springen, auch wenn man nicht weiß, wie tief es ist.«

Ich nickte ergeben und blickte aus dem Seitenfenster. Ja, aber wenn es nicht tief genug war, könnte ich darin umkommen. Ich musste unbedingt mit Milla sprechen. Sie würde mich bestimmt für durchgedreht halten. Am frühen Morgen hatte ich das Foto mit dem Sonnenuntergang in die Gruppe gestellt, bisher hatte ich noch keine Reaktion erhalten.

Die Fahrt dauerte nur zwanzig Minuten und das lag nicht daran, dass das Auto eine Menge PS hatte – mehr, als es üblich war. Die Stadt mit ihren mittelalterlichen Ziegelgebäuden war beeindruckend. Hier ging es etwas ruhiger zu als in dem von den Touristen bevorzugten Florenz. Die Piazza del Campo, der Hauptplatz, der sich wie ein Fächer ausbreitete, war von imposanten Häusern eingerahmt.

»Was ist das für ein Gebäude?«, wollte ich wissen und deutete auf einen großen Bau.

»Das ist der Palazzo Pubblico, das Rathaus der Stadt. Wenn wir auf den Torre del Mangia klettern, haben wir einen tollen Panoramablick über die Stadt. Der Turm stammt aus dem vierzehnten Jahrhundert.«

Ich hob eine Hand vor die Augen und blickte zu dem majestätischen Turm hinauf.

»Wusstest du, dass in Siena die älteste Bank der Welt

sitzt? Die Banca Monte die Paschi di Siena. Sie wurde in der zweiten Hälfte des fünfzehnten Jahrhunderts gegründet. Ich finde das sehr erstaunlich.«

Ich fand es noch erstaunlicher, dass Marina so viel Wissen über die Stadt besaß. »Woher hast du all deine Informationen?«

»Ich habe als Stadtguide gearbeitet, als ich hier studiert habe. Na ja, lange habe ich nicht studiert, nur zwei Jahre, dann habe ich es abgebrochen und bin auf das Weingut zurückgekehrt.«

Wir schlenderten durch die Straßen, hielten mal hier und mal da an. »Was hast du studiert?«

Sie verdrehte die Augen. »Rechtswissenschaften, ich wollte Anwältin werden. Am liebsten Staatsanwältin«, gab sie preis.

»In Italien sicherlich kein leichter Job.«

Marina nickte. »Du sagst es. Aber Jannis brauchte Hilfe. Christo und er kamen nie richtig miteinander klar, seit meine Großmutter verstorben ist. Sie war Italienerin und hat immer zwischen den beiden Männern vermittelt. Ihr Tod vor fünf Jahren hat uns alle tief getroffen. Seitdem hat sich Christo aus dem Weingeschäft zurückgezogen und die Verantwortung an Jannis übergeben. Ich wollte weg, etwas anderes machen, doch irgendwann wurde mir klar, dass mein Leben mit dem Weingut verwoben ist. Es ist wie ein Spinnennetz, aus dem man sich nicht befreien kann.«

»Empfindest du es als Bürde?«

»Nein.« Sie schüttelte den Kopf. »Mittlerweile nicht mehr, früher schon. Alles drehte sich um die Reben, die Ernte, den Verkauf. Seit Jannis Übernachtungen und die Verkostung anbietet, fühle ich mich wohler. Ich kümmere mich gerne um die Gäste. Vielleicht werde ich eine Ausbildung im Hotelmanagement beginnen. Ich würde gerne etwas von der Welt sehen.«

»Du willst Monteaperti verlassen?«, rief ich schon fast erschrocken.

Marina nahm mich in die Arme. »Keine Angst, so schnell wirst du mich nicht los. Ich warte noch ab, bis Jannis die richtige Frau gefunden hat. Obwohl, das hat er ja jetzt.« Sie grinste breit.

Ich seufzte leise.

»Hey, du weißt schon: Wer glücklich sein will, muss mutig sein.«

Ich grinste. »Du bist eine sehr gescheite Person, Marina Diamantis. Weißt du das?«

»Ja, aber sag das nicht meinem Vater! Dann beansprucht er das für sich als Resultat seiner Erziehung.«

Wir sahen uns an und lachten gleichzeitig auf.

»Was wollen wir uns kaufen?«, fragte Marina.

»Ich möchte mir ein schönes Kleid kaufen. Ich habe nur zwei eingepackt«, gab ich zu.

»Da kenne ich genau den richtigen Laden. Eine Freundin hat hier eine Boutique, in der sie auch eigene Kreationen verkauft.« Sie nahm meinen Arm und zog mich in eine enge Gasse.

Es war verblüffend, wie gut wir beiden uns verstanden. Ich war zwar knapp zehn Jahre älter als Marina, aber das fiel gar nicht ins Gewicht. Ich war mir sicher, dass sie perfekt zu unserer Mädelsgruppe passen würde, wenn sie in Deutschland leben würde.

Wir aßen in einer Trattoria zu Mittag. Ich begnügte mich mit einem Salat und Brot, weil Jannis am Abend ja kochen wollte. Als ich mein Geld hervorhole, wehrte Marina es ab. »Lass das mal Jannis übernehmen.« Sie grinste und zückte die Kreditkarte.

Ich hatte in einer Boutique gleich drei Kleider gefunden, die mir gut gefielen. In einem anderen Laden hatte ich einige Shirts und zwei Hosen gekauft. Eine elegante in schwarz und eine Jeans. Dazu noch Dessous. Als wir ziemlich bepackt zum Auto gingen, musterte Marina mich nachdenklich.

»Du siehst aus, als hättest du schon entschieden, dass du nicht in zwei Tagen nach Hause fahren willst.«

Ich blickte auf die Taschen und nickte. »Ja, irgendwie scheint mir mein Unterbewusstsein die Entscheidung bereits abgenommen zu haben.«

Sie nickte zustimmend. »Ich denke, es ist eine gute Entscheidung. Neue Wege einzuschlagen, verspricht immer ein Abenteuer und bringt neue Impulse.«

Wenn man Marina so hörte, könnte man denken, sie wäre vierzig Jahre alt.

»Weißt du, dass Jannis Christo und mich heute Abend zum Essen eingeladen hat?«, fragte sie mich, während wir wieder Richtung Monteaperti fuhren.

»Nein, mich hat er auch eingeladen.«

»Er hat was vor«, meinte Marina verschwörerisch, »und ich möchte zu gerne wissen, was das wohl sein wird.«

Dem konnte ich mich nur anschließen.

Sobald ich im Hotel angekommen war, musste ich erst einmal unter die Dusche. Uns war in der Sonne richtig warm geworden. Marina hatte erzählt, dass heute alle Gäste abgereist waren und neue Gäste erst am Sonntag anreisen würden.

Als ich aus der Dusche stieg, hörte ich mein Handy. Ich

schlang ein Handtuch um meinen Körper und lief zum Bett, wo ich es liegengelassen hatte.

»Ja?«, meldete ich mich schnell, ohne darauf zu achten, wer anrief.

»Wem bitte gehört die Hose?«

»Oh, hallo, Milla. Schön, von dir zu hören. Welche Hose?«, fragte ich und stellte das Handy auf laut, damit ich mich richtig abtrocknen konnte. Zum Glück war es kein Videoanruf.

»Ich spreche von dem Bild in unserer WhatsApp-Gruppe, mit diesem riesigen Fenster und dem abgefahrenen Ausblick auf die Weinberge und diesem Sonnenuntergang, der aussieht, als wäre er mit KI erstellt. Dort steht in der Ecke ein Stuhl, auf dem eine Männerhose liegt.«

Schnell zog ich die neuen Dessous an und öffnete das Foto. Ja, Milla hatte recht. Im Dunkeln sah man den Stuhl, auf dem Jannis Hose lag. Man konnte eindeutig die silberne Schnalle des Gürtels erkennen.

»Hallo? Bist du noch da?«, rief Milla.

»Ja, ich ziehe mich gerade an«, erklärte ich, was sich als Fehler herausstellte, weil direkt neue Fragen auf mich einschlugen.

»Warum ziehst du dich an? Wir haben achtzehn Uhr.«

»Weil ich gerade geduscht habe. Ich war den ganzen Tag in Siena zum Shoppen.«

»Also, erzähl mir, wem diese Hose gehört.«

Ich seufzte ergeben. »Sie gehört Jannis, du weißt schon, der griechische Italiener, den ich in Florenz kennengelernt habe. Er besitzt ein Weingut in Monteaperti mit einem kleinen Hotel. Ich bin hier, um an einer Verkostung teilzunehmen.«

»Mir scheint, du hast nicht nur den Wein gekostet«, meinte Milla trocken und lachte.

»Nun ja, wenn ich ehrlich bin, spiele ich mit dem Gedanken … Also, Jannis hat mir einen Job angeboten«, platzte ich mit der Neuigkeit heraus.

Ich hatte mit vielem gerechnet, doch dass Milla sprachlos war, hatte ich noch nie erlebt. »Hallo? Bist du jetzt noch da?«, fragte ich vorsichtig nach.

»Du willst uns allein lassen? Du willst allen Ernstes nach Italien ziehen? Das muss ja ein toller Mann sein«, sagte sie ohne große Begeisterung.

»Du hast doch sein Foto gesehen.« Ich fühlte mich schuldig.

»Bist du sicher, dass du hier alles aufgeben willst?« Milla hörte sich ungewöhnlich ernst an.

»Ach Milla, ich habe mich verliebt. Ich weiß, es ist verrückt, weil ich Jannis kaum kenne. Aber nicht nur er, auch seine Familie ist wunderbar. Sein Vater Christo, und seine Tochter Marina ist wie eine Freundin.«

»Er hat eine Tochter? Was willst du mit einem kleinen Kind? Wo ist denn die Mutter?«

»Marina ist nicht klein. Sie ist schon zwanzig Jahre alt«, klärte ich sie auf.

»Was? Wie alt ist dieser Jannis denn?«

»Siebenunddreißig. Er ist schon sehr früh Vater geworden. Marina ist so eine wundervolle junge Frau. Ich wünschte, du würdest Jannis kennenlernen. Er ist wirklich …« Mir fehlten die Worte, um ihn zu beschreiben.

»Du bist richtig verliebt, oder? Ich höre es in deiner Stimme.«

Ich nickte, bis mir aufging, dass sie mich ja gar nicht sehen konnte. »Ja, Milla, ich habe mich verliebt, wie noch nie in meinem Leben. Aber ich habe große Angst, dass ich irgendwann aufwache und feststellen muss, dass das alles nur ein schöner Traum war. Dass ich wieder erkenne, dass es niemanden für mich gibt.«

»Ach Antonia, natürlich gibt es jemanden für dich. Und wenn du dir sicher bist, dass Jannis dieser Mann ist, dann musst du diese Chance ergreifen. Für die Liebe gibt es keine Garantie. Man kann sie weder vorbestellen noch kann man sie umtauschen, wenn es nicht klappt, und die Zeit zurückdrehen. Sei mutig, sei positiv und lass dich vom Schicksal nicht unterkriegen. Vertraue deinem Herzen.« Jetzt hörte sie sich wieder wie meine Milla an.

»Mein Herz ist sicher, dass Jannis der Richtige ist und es ist vor allem sicher, dass Monteaperti der geeignete Ort ist. Ich werde Olivenbäume pflanzen und Öl herstellen. Ist das nicht wunderbar?«

»Und was ist mit deinem Job hier in Frankfurt?«

»Ich habe beschlossen zu kündigen. Ich habe mich genug ausbeuten lassen. Ich habe noch über zwei Monate Urlaub zu bekommen.«

»Oh Mann, Toni. Ich wünschte, ich wäre bei dir und könnte dich in die Arme schließen. Das ist alles so aufregend.«

»Wirst du mich besuchen kommen?«, fragte ich vorsichtig nach.

»Aber sowas von! Ich werde die Mädchen zusammentrommeln, und wir werden deinen Jannis genau unter die Lupe nehmen.«

»Oh Gott, ich habe jetzt schon Mitleid mit ihm«, stöhnte ich und hörte Millas lautes Lachen.

»Na, so schlimm sind wir doch nicht. Ich melde mich wieder, meine Süße. Lass es dir gut gehen.«

Wir legten auf und ich ließ mich lang auf das Bett fallen. Ging das nicht alles viel zu schnell?

15

Zum Abendessen zog ich eines der neuen Kleider an. Ein leichtes Wickelkleid, weiß, mit kleinen Blumen bedruckt. Es hatte einen V-Ausschnitt und kurze Ärmel. Dazu hatte ich mir eine kurze Strickjacke gekauft, in einem Blauton, der sich in dem weichen T-Shirt-Stoff des Kleides wiederfand. Flache Sandalen rundeten das Bild ab und fühlte mich frei und schön.

Als Jannis mir die Tür öffnete, zog er mich in seine Arme und küsste mich.

»Ich habe dich heute sehr vermisst. Du siehst wunderschön aus, cara mia.«

»Es war ein so schöner Tag mit Marina«, sagte ich ein wenig verlegen.

»Das freut mich. Hast du mich auch vermisst?« Er sah mich intensiv an.

»Ja, natürlich, das habe ich«, gab ich zu.

Er küsste mich erneut.

»Wollt ihr ewig dort stehen bleiben?«, hörte ich Marinas Stimme. »Wir können natürlich auch an der Tür essen.«

»Ich drehe ihr den Hals um«, murmelte er an meinen Lippen und grinste.

»Wir kommen ja schon.« Er drückte die Tür ins Schloss und nahm meine Hand.

Im Esszimmer saßen Marina und Christo bereits am Tisch und warteten auf uns. Christo erhob sich und küsste mich auf beide Wangen. »Antonia, Sie sehen aus wie ein Stern.«

»Christo, lieben Dank.«

Auch Marina küsste mich und drückte meine Hände. »Das Kleid steht dir ausgesprochen gut.«

»Vielen Dank, du hast es für mich ausgesucht und sehr viel Geschmack bewiesen.«

Jannis kam mit einem Auflauf aus der Küche und stellte ihn auf dem Tisch ab.

»Kann ich dir helfen?«, bot ich an.

»Nein, setz dich ruhig, ich hole nur noch das Brot aus dem Ofen.«

Auf dem Tisch standen schon zwei verschiedene Dips. Christo schenkte den Wein ein.

Als auch Jannis sich gesetzt hatte, erhob der Patron sein Glas. »Lasst uns auf einen wunderbaren Abend trinken.«

»Auf einen schönen Abend«, stimmte ich zu und wir stießen alle miteinander an. Der Rotwein schmeckte knackig jung und gefiel mir.

»Was schmeckst du?«, fragte mich Jannis sofort, nachdem ich probiert hatte.

»Kirsche, eindeutig. Schokolade und einen Hauch … Lavendel?« Ich sah Jannis fragend an.

»Vanille«, gab er zu. »Aber ist Antonia nicht umwerfend? Sie kennt sich so gut aus. Ich bin immer wieder verwundert«, lobte er mich.

»Ich würde meinen Job auch nicht richtig erledigen können, wenn ich nicht so feine Sinne hätte.«

Christo nickte zustimmend. »Es ist ein guter Jahrgang.«

Während Jannis unsere Teller füllte, reichte Marina den Brotkorb weiter.

»Warum sieht der Auflauf so aus, als hätte ihn Paola gemacht?«, fragte sie ihren Vater.

Jannis räusperte sich verlegen. »Vermutlich, weil Paola ihn gemacht hat. Es tut mir leid, ich hatte heute keine Zeit, um selbst zu kochen.« Er sah mich entschuldigend an.

»Das macht doch nichts. Es riecht auf jeden Fall super und ich bin so hungrig«, beruhigte ich ihn. »Aber wer ist denn Paola?«, wollte ich wissen, weil ich den Namen noch nie gehört hatte.

»Paola ist unsere Köchin. Sie kümmert sich um das Frühstück und das Abendessen. Sie hat vier erwachsene Kinder und wohnt hier im Ort. Sie ist ein richtiger Glücksgriff«, erzählte Jannis.

»Dann wünsche ich euch einen guten Appetit.« Ich probierte und nickte eifrig, da es mir ausgezeichnet schmeckte. »Das Moussaka ist wirklich gut.«

»Wie war Siena?«, wollte Jannis wissen.

Ich hatte den Mund voll, dafür sprang Marina für mich ein. »Teuer! Du wirst es auf deiner Kreditkartenabrechnung sehen. Du solltest dir einen neuen Wagen kaufen, diese Farbe geht gar nicht.«

»Das ist eine Sonderlackierung. Niemals werde ich mich von diesem Wagen trennen. Weißt du, wie lange ich danach gesucht habe?«, fragte Jannis.

»Fehlt Ihnen eigentlich Ihre Heimat?«, fragte ich an Christo gewandt, der mir gegenübersaß. Jannis hatte neben mir Platz genommen.

»Nein, ich liebe Italien, weil meine Frau Italienerin war.

Ich lebe schon so lange in diesem Land, es wäre nicht fair, wenn es mir hier nicht gefallen würde. Ich trage Grecia in meinem Herzen. Ich habe meine Olivenbäume aus der Heimat, das reicht mir.«

»Apropos Olivenbäume: Ich habe euch heute eingeladen, weil ich einige Dinge mit euch besprechen will«, verkündete Jannis. »Ihr wisst, dass wir immer alles in der Familie besprechen.«

Marina lachte auf. »Ja, wir besprechen und du entscheidest.«

»Ich trage aber auch die Verantwortung und das nicht nur für unsere Familie, sondern auch für viele Angestellte«, erklärte er im ruhigen Ton.

Marina lehnte sich zurück und blickte ihn an. »Ich weiß, Papa. Bitte entschuldige.«

Jannis schenkte ihr ein Lächeln. »Schon gut, Pupetta. Ihr fragt euch sicherlich, warum ich Antonia zu uns gebeten habe, weil sie ja kein Mitglied der Familie ist.«

»Noch nicht«, meinte Marina gelassen und aß weiter.

Ich verschluckte mich und trank schnell einen Schluck, während Christo interessiert von einem zum anderen sah.

»Habe ich vielleicht etwas verpasst?«, wollte er wissen.

Jannis sah mich liebevoll an, nahm meine Hand und küsste den Handrücken. »Patron, ich habe Antonia gebeten, hier bei mir zu bleiben. Ich habe ihr einen Job als Verkaufsmanagerin angeboten. Es würde mich sehr entlasten, denn ich habe vor, das Hotel zu erweitern. Ich wollte Marina nicht glauben, dass die Vermietung von Zimmern und die Verkostung ein einträgliches Geschäft ist, aber ich gebe zu, dass sie Recht behalten hat. Wir haben mehr Anfragen als Zimmer und es gibt genug Land, um ein weiteres Haus mit zwanzig Zimmern zu bauen.«

Laut ließ Marina ihr Besteck auf den Teller fallen. »Ist

das dein Ernst? Du willst wirklich expandieren?«, rief sie aufgeregt.

»Ja, mein Kind. Du hast mich überredet und ich sehe ein, dass du eine exzellente Hotelmanagerin bist.«

»Oh mein Gott! Das ist ja klasse!«, rief sie, erhob sich und fiel ihrem Vater um den Hals. Küsste ihn überschwänglich auf die Wange.

»Schon gut, mein Kind, setz dich wieder, wir wollen weiteressen. Außerdem habe ich noch eine weitere Überraschung für euch.«

Er blickte zu mir, dann zu seinem Vater. »Das wird dich sicherlich freuen, Patron: Ich habe Antonia angeboten, wenn sie hier bei mir bleibt, dann werden wir den Olivenbaumanbau erweitern. Sie will sich neben dem Verkauf darum kümmern und wir wollen in Zukunft unser eigenes Olivenöl herstellen.« Nun war die Neuigkeit raus und Christo sah mich sprachlos an.

Ich versuchte mich an einem Lächeln, weil ich nicht wusste, ob ihm das überhaupt gefiel.

Christo räusperte sich. »Ist das wahr, Antonia? Du würdest dich darum kümmern und die Familientradition wieder aufnehmen?« Er schien es nicht wirklich glauben zu können.

»Nun, ich bin auf diesem Gebiet Anfänger. Ich kenne mich nur mit dem Verkauf von Olivenöl aus, das gehörte in Deutschland ebenfalls zu meinen Aufgaben. Aber ich bin bereit, viel zu lernen. Vielleicht haben Sie ja Zeit und Lust, mir Ihr Wissen beizubringen.«

Plötzlich leuchtete sein Gesicht auf, als wäre die Sonne aufgegangen. »Jannis, hol den Ouzo, den guten, ich muss mit dieser Frau Brüderschaft trinken. Wie soll ich ihr alles beibringen, wenn sie mich immer noch siezt? Sie gehört zur Familie.«

Jannis sprang auf und kehrte mit einer Flasche und vier kleinen Gläsern zurück.

»Ich heiße Christo und freue mich, dich in der Familie begrüßen zu dürfen, Antonia.« Er hob sein Glas.

»Vielen Dank, Patron«, entgegnete ich. »Ich freue mich, in Zukunft mit dir zu arbeiten.«

»Jámas!«, rief Christo und wir erwiderten den Trinkspruch. Ich kippte den Schnaps in einem Zug hinunter und bekam einen Hustenanfall.

Jannis klopfte mir auf den Rücken. »Ist alles gut?«

Ich nickte und hustete erneut. »Jaaa … Mein Gott, ist der scharf.«

Die Männer und Marina lachten.

»Du wirst dich noch daran gewöhnen. Großvater brennt ihn selbst«, erklärte sie. Vielleicht hätte sie mich vorwarnen sollen.

Jannis sah mich besorgt an. »Ist wirklich alles gut?«

Ich nickte und wischte mir die Tränen aus den Augen. »Ja, natürlich. Ich werde mich schon noch daran gewöhnen«, wiederholte ich und hoffte, dass es auch wirklich so war.

Er nickte erleichtert. »Heißt das, dass du hier bei mir bleiben wirst?«

Sein ernster Blick ließ meinen Puls rasen. Ich wusste, wie wichtig diese Antwort für ihn war. Es war vielleicht nicht ganz fair, mich das vor Marina und Christo zu fragen, aber eigentlich hatte ich mich ja schon entschieden und er kannte meine Antwort. Trotzdem wollte er es aus meinem Mund hören. »Ja, Jannis. Ich werde in die Toskana ziehen und für dich arbeiten«, erklärte ich.

»Das wollte ich nicht wissen. Wirst du hier mit mir leben?«, fragte er erneut nach und jetzt schnappte ich nach Atem. Es würde einer Liebeserklärung nahekommen, wenn ich es zugab, aber was sollte ich sagen? So war es nun mal.

»Ja, Jannis, das will ich«, sagte ich und lächelte. Es einmal laut auszusprechen, machte es so wirklich und es fühlte sich gleichzeitig so gut an.

Jannis nahm mein Gesicht in seine Hände und sah mich an. »Ti amo, cuore mio!«, sagte er und küsste mich innig.

»Oh mein Gott! Wenn ihr heiratet, bekomme ich eine Mutter, die nur neun Jahre jünger ist als ich. Das ist so etwas von cool«, rief Marina aufgeregt.

»Damit werden wir noch ein wenig warten, sonst verschrecken wir Antonia am Ende noch«, meinte Jannis und grinste.

»Dann haben wir zumindest ein weiteres Zimmer frei, das wir wieder vermieten können«, rief Marina mit ihrer unvergleichlichen Art.

Christo lachte. »Ich finde, darauf sollten wir noch einen Ouzo trinken.«

16

Ich war mir sicher, dass einer von den drei Ouzos schlecht gewesen sein musste. Mir war ein wenig schwindelig und ich war froh, dass Jannis mich im Arm hielt, als wir das Schlafzimmer betraten. Er hatte sogar zwei mehr als ich getrunken und wirkte noch total nüchtern, während ich mich betrunken fühlte. Dabei hatte ich anständig gegessen, denn die Moussaka war wirklich sehr lecker gewesen.

»Ist dir nicht gut, cara mia?«, fragte er mich, als ich mich auf der Bettkante abstützte.

»Ich weiß nicht genau. Es fühlt sich alles so merkwürdig an. Alles dreht sich.«

»Soll ich dir eine Schüssel holen?«, fragte er besorgt.

»Nein, aber ein Glas Wasser wäre gut.«

Er lief sofort los, doch noch bevor er zurück war, rannte ich zur Toilette und übergab mich. Es dauerte eine Weile, bis es mir wieder besser ging. Ich spülte den Mund aus und wusch mein Gesicht.

»Kann ich etwas für dich tun? Es tut mir so leid. Christos selbstgebrannten Ouzo verträgt nicht jeder.«

»Kannst du mir aus meinem Zimmer die Zahnbürste holen? Und vielleicht meinen Schlafanzug mitbringen? Er liegt auf dem Bett. Aber ich sollte lieber drüben schlafen«, überlegte ich laut.

»Auf keinen Fall«, rief er und war schon auf dem Weg zu Tür.

Es dauerte nur einen kurzen Moment, dann war Jannis wieder bei mir. Er hatte bis auf meine Kleidung eine ganze Tasche mitgebracht.

»Danke.« Ich nahm die Bürste entgegen und begann, die Zähne zu putzen.

»Geht es dir besser?«, fragte er immer noch besorgt und griff ebenfalls zu seiner Zahnbürste.

»Joo, … wiiil besser«, erklärte ich mit Schaum im Mund.

Ich zog mich im Schlafzimmer aus und stieg in den kurzen Schlafanzug, dann ins Bett. Jetzt ging es mir schon wesentlich besser.

Jannis löschte das Licht und legte sich nur mit einer Unterhose bekleidet zu mir.

»Dir geht es wirklich besser?«

»Ja, natürlich.« Ich schob mich in seinen Arm. »Ich werde mich in Zukunft vom Ouzo fernhalten. Das ist wohl doch nichts für mich.«

»Ich bin froh, dass es dir wieder besser geht.« Er küsste mich. »Und ich kann es nicht glauben, dass du wirklich hierbleiben wirst.«

»Ja, ich bin selbst überrascht, dass ich so mutig bin«, gab ich zu.

»Antonia, ich muss dir etwas sagen.« Jannis setzte sich auf und sah auf mich hinunter. »Ich denke, hier ist nicht der richtige Moment oder Augenblick, trotzdem will ich, dass du weißt, dass ich mich in dich verliebt habe. Eigentlich weißt du es ja schon, sonst würde ich dich nicht bitten, bei mir zu bleiben, aber ich will es noch mal laut aussprechen. Ich bin nicht so gut in diesen Dingen, weil mir vermutlich die Erfahrung darin fehlt. Ich habe bisher nur ein Mal einer Frau gesagt, dass ich sie liebe, daher …« Er brach ab und kämmte sein Haar mit der Hand aus dem Gesicht.

Ich lächelte. »Weißt du eigentlich, dass du dir immer über das Haar streichst, wenn du verlegen bist?«, fragte ich ihn und berührte sein Kinn mit den Fingern, strich sanft darüber.

»Tue ich das?«, er grinste. »Ist mir noch nie aufgefallen.«

»Ja, tust du. Und ich liebe dich auch, aber das weißt du sicherlich, sonst würde ich ja nicht hierbleiben«, entgegnete ich.

Er runzelte die Stirn.

»Nein, ich wusste das nicht, weil du es mir noch nicht gesagt hast.«

»Siehst du, ich war mir auch nicht sicher. Aber dann ist ja gut, dass wir nun beide wissen, dass wir uns ineinander verliebt haben. Wenn Marina jetzt hier wäre, würde sie vermutlich sagen: ›Ich habe es schon die ganze Zeit gewusst‹.«

Er lachte auf. »Nein, sie würde behaupten: ›Ich habe es *vor* euch gewusst‹.«

Da könnte er recht haben. »Sie ist ein wundervolles Kind«, bekräftigte ich.

»Du kennst sie noch nicht so lange wie ich.«

»Dass du das Hotel erweitern willst, ist eine sehr schöne Geste. So zeigst du ihr, dass du ihr vertraust. Wenn ich mich noch nicht in dich verliebt hätte, würde ich es jetzt tun.« Ich küsste ihn und seufzte leise, weil mir immer noch der Kopf schwirrte.

»Du solltest jetzt lieber schlafen. Ich glaube, du wirst morgen starke Kopfschmerzen haben. Mach morgen früh einen Spaziergang, das wird dir helfen.«

»Das hört sich an, als hättest du Erfahrung mit Kopfschmerzen.«

Er küsste mich liebevoll. »Nein, ich habe Erfahrung mit Christos Ouzo.«

Jannis hatte mich schlafen lassen und als ich erwachte, musste ich an seine Worte denken, denn mein Kopf fühlte sich an, als würde er jeden Augenblick explodieren.

»Oh mein Gott!«, stöhnte ich und drehte mich zur Seite. Auf dem Nachttisch standen ein Glas Wasser und ein Päckchen Aspirin. »Für dich«, las ich auf einem Zettel, der an der Packung klebte.

Es dauerte eine ganze Weile, bis ich mich aufsetzen konnte. Dennoch schaffte ich es, nahm die Tablette und trank das Wasser. Die Jalousie war nur halb geschlossen, sodass ein wenig frische Luft ins Zimmer strömte. Jannis hatte eines der Sprossenfenster geöffnet. Ich brauchte erst einmal eine Dusche. Im Bad fand ich all meine Sachen, und auch mein Koffer stand im Wohnzimmer an der Tür. Das Zimmermädchen hatte wohl mein Zimmer bereits leergeräumt und mich schlafen lassen. Ich duschte in aller Ruhe, dann fand ich in der Küche ein bisschen Brot und stopfte es mir in kleinen Stücken in den Mund. Mein Magen brauchte etwas zu tun, denn er knurrte ungeduldig. Ich spülte mit ein wenig Eistee nach und machte mich auf ins Erdgeschoss. An der Rezeption fand ich Marina, die telefonierte und auf das Büro deutete, was wohl hieß, dass ich Jannis dort finden würde.

Als ich eintrat, erhob er sich. »Hallo, cara mia. Wie geht es dir?« Er küsste mich.

»Dank der Tablette schon besser.«

»Geh ein wenig spazieren, die Luft wird dir guttun.«

Ich nickte. »Ja, und wenn ich zurück bin, muss ich eine Mail an meinen Arbeitgeber in Frankfurt schreiben. Er muss wissen, dass ich kündige. Er wird vermutlich im Dreieck springen, weil ich noch mehr Urlaub offen habe, als ich nehmen kann.« Ich verzog das Gesicht.

»Du kannst das Büro meines Assistenten benutzten. Es steht schon länger leer. Ich werde Marina bitten, dir einen PC zu besorgen, wir haben bestimmt noch welche irgendwo stehen. Wenn du sonst noch etwas brauchst, sag einfach Marina Bescheid, sie kümmert sich um alles.«

»Danke, Jannis. Ich drehe dann mal eine kleine Runde.«

Bei den Olivenbäumen traf ich Christo, der auf einer Bank saß, als würde er die Bäume bewachen. Neben ihm lag Pepe im Schatten und schien zu schlafen. Als ich näherkam, hob er den Kopf und erkannte mich, da legte er sich wieder hin und döste weiter.

»Guten Morgen, Antonia! Wie geht es dir?«, wollte Christo wissen.

Ich hob zur Begrüßung die Hand. »Ciao Christo! Ich denke, dir geht es besser als mir. Dein Ouzo hat mich echt umgehauen«, gab ich zu.

Er lachte. »Jannis hat mir davon erzählt. Komm, setz dich zu mir, hier ist es angenehm kühl.«

Ich nahm neben ihm Platz und drückte seine Hand. »Es geht mir schon besser. Jannis hat sich um mich gekümmert.«

»Ja, er ist ein guter Junge. Ich war viel zu streng mit ihm. Aber du musst verstehen, als er mit siebzehn Jahren zu mir kam und sagte, er würde Vater, da dachte ich, dass er sein ganzes Leben ruiniert. Doch ich habe mich in ihm getäuscht. Er hat durchgehalten, hat ein wundervolles Mädchen großgezogen und ist seinen Weg gegangen.«

Ich nickte. »Du kannst sehr stolz auf ihn sein. Er ist ein wunderbarer Mann.«

»Ja, ich bin sehr stolz. Nur glaube ich, dass ich es ihm zu wenig zeige.«

»Dafür ist es nie zu spät, Patron.«

»Ich freue mich, dass er dich kennengelernt hat. Du bist eine gute Frau. Glaube mir, so etwas erkenne ich sofort. Ornella, die Mutter von Marina, war nicht gut. Man erkennt es an ihren Augen. Du aber hast gütige Augen und sie lächeln mit, wenn du lachst. Das ist ein gutes Zeichen.« Er fuhr sich gedankenverloren über seinen weißen, kurzen Bart.

»Danke, Patron, dass du mich so siehst. Ich hatte nicht wirklich lange Zeit, über alles nachzudenken. Es ist ein Risiko, das ich hier eingehe, wenn ich meinen Job in Deutschland einfach so aufgebe. Ich liebe ihn nicht wirklich, aber er wird gut bezahlt«, gab ich zu.

»Er wird gut bezahlt, weil du gut in dem bist, was du tust. Glaube mir, manchmal zahlt sich ein Risiko aus, das man eingeht.« Er sah mich aufmunternd an und griff nach meiner Hand. »Du bist die Richtige für Jannis. Egal, wie lange ihr euch kennt.«

Es freute mich, dass Christo das so sah.

»Was glaubst du, wie viele neue Bäume müssen wir pflanzen?«, wechselte ich das Thema.

Christo war kein Mann der schnellen Entscheidungen. Er ließ seinen Blick über die bestehenden Bäume schweifen. »Komm, lass uns ein wenig gehen«, forderte er mich auf und erhob sich. Sofort war Pepe auf den Beinen und trottete neben ihm her. Es war, als würde er auf ihn achtgeben.

Wir liefen die Reihen ab, in der die Olivenbäume gepflanzt worden waren. »Ich habe sie aus Griechenland mitgebracht. Der Vater von Rosa, Jannis Mutter, wollte nicht, dass ich sie pflanze. Er hatte es mir verboten. Er hielt mich für einen dummen Jungen, der seine Tochter geheiratet hat. Es hat lange gedauert, bis er erkannte, was in mir steckte. Ich habe mich über seine Anweisungen hinweggesetzt und die Bäume gepflanzt, auf diesen Grund und Boden, den er nicht brauchte. Die Bäume haben sich gut entwickelt. Es gibt keine Parasiten oder Läusebefall, seit Jahren nicht. Es sind gute Bäume.« Er brach einen Ast ab und zeigte ihn mir. »Sie sind jetzt vierzig Jahre alt. Alle zwei Jahre tragen sie Früchte. Sie stehen gut im Saft.«

Ich ließ ihm Zeit, er würde meine Frage schon noch beantworten. Christo war ein sorgfältiger Mann mit bedachten Bewegungen und Überlegungen.

»Vielleicht sollten wir klein beginnen und weitere zweihundert Bäume hinzupflanzen.«

»Jannis hat mir erzählt, dass kleine Bäume bis zu sieben Jahre brauchen, um Früchte zu tragen. Das ist eine lange Zeit.«

Christo nickte. »Ja, das stimmt. Aber wir werden nicht nur mit kleinen Pflanzen weitermachen. Ich habe einen Bruder auf Korfu. Er besitzt eine große Plantage und kann mir Koroneiki Olivenbäume liefern. Sie sind weit verbreitet und widerstandsfähig.«

»Was glaubst du, wie viele Bäume wir auf lange Sicht anpflanzen können?«

»Nun, bis zu eintausend Bäume wären möglich, wenn

Jannis mitspielt. Die jungen Pflanzen müssen bewässert werden, das ist teuer. Sobald die Wurzeln Halt gefasst haben, ist das nicht mehr notwendig.«

»Ein Baum bringt circa vierzig bis sechzig Kilogramm Oliven. Das sind bis zu achtzehn Liter Olivenöl. Bei dreihundert Bäumen wären es über fünftausend Liter Öl«, rechnete ich vor.

Christo nickte zustimmend. »Du hast dich schlaugemacht.«

Ich nickte. »Ja, ich muss doch wissen, was auf mich zukommt. Aber so viel Öl wirst du nicht mit der kleinen Presse bewältigen können. Ich werde mit Jannis sprechen, ob er bereit ist, in eine richtige Abfüllanlage zu investieren. Es kommt darauf an, wie wir das Öl verkaufen wollen. Wenn wir es selbst vertreiben, haben wir Einfluss auf den Preis. Ein Großhändler wird kaum mehr als drei Euro pro Liter zahlen wollen. Das deckt kaum die Kosten für die Pflege und Ernte. Ich werde das mit Jannis diskutieren.«

»Das würdest du tun?«, fragte ich ihn. Es würde mich freuen, wenn die beiden wieder ins Gespräch kämen.

Er nickte und sah mich an. »Ja, es ist schön, dass du hier bist, Antonia. Seitdem ist Jannis ein anderer, ein besserer Mann.«

17

Kaum hatte ich meine Kündigung per E-Mail abgeschickt, klingelte mein Handy. Ich hatte damit gerechnet.

»Johannes! Hallo!«, meldete ich mich und lehnte mich auf dem Schreibtischstuhl zurück. Den ganzen Nachmittag hatte ich mich mit dem Anbau von Olivenbäumen, deren Pflege und Sorten beschäftigt. Ich hatte die unangenehme Aufgabe weit genug vor mir hergeschoben und wollte so schnell wie möglich Nägel mit Köpfen machen.

»Das ist nicht dein Ernst, Antonia! Was soll der Scheiß?«, brüllte er laut durch das Smartphone.

»Was hast du denn erwartet?«, fragte ich in eisigem Ton nach. Da die Tür zu Jannis Büro offenstand, kam er heraus und blickte mich fragend an. Ich stellte das Telefon auf Lautsprecher.

»Ich erwarte, dass du am Montag wieder an deinem Schreibtisch sitzt und deinen Job machst.« Er brüllte, hatte sich überhaupt nicht im Griff. Ich stellte mir die Ader an seiner Schläfe vor, die immer stark pochte, wenn er sich aufregte.

»Ich habe dich mehr als einmal darauf hingewiesen, dass wir dringend neue Mitarbeiter brauchen, die Frankreich oder Italien übernehmen, ich schaffe das alles nicht allein. Ich bin nicht bereit, weiter jeden Tag Überstunden zu machen, die nicht bezahlt werden, sondern nur als Urlaub vergütet werden, den ich aber nie genehmigt bekomme.«

»Wieso? Du bist doch gerade im Urlaub oder etwa nicht?«, fragte er, und sein sarkastischer Ton machte mich echt wütend.

»Ja, eine Woche Urlaub nach drei Jahren. Findest du nicht auch, dass das etwas dürftig ist? Du hältst dich nicht an die Gesetze. Mir steht regelmäßiger Urlaub zu.«

Johannes Behring lachte überheblich. »Jetzt bin *ich* schuld, wenn du nicht in der Lage bist, dich durchzusetzen?«

»Das ist da wohl die Höhe«, murmelte Jannis.

»Wer war das denn? Wer hört denn da mit?«, fragte Johannes irritiert nach.

Ich wollte etwas sagen, doch Jannis nahm mir das Handy aus der Hand. »Guten Tag, hier spricht Jannis Diamantis. Ich möchte Sie darauf hinweisen, dass Sie sich als Arbeitgeber strafbar machen, wenn Sie Ihre Mitarbeiter dermaßen ausbeuten. Sie können sich glücklich schätzen, dass Frau Krämer keine weiteren Schritte einleitet«, sagte er in einem Ton, der mich frösteln ließ.

Für einen Moment war Johannes sprachlos, als müsste er nach Luft schnappen. »Darf ich fragen, wer Sie überhaupt sind?« Seine Stimme klang nun nicht mehr ganz so überheblich, wie ich es gewohnt war.

»Ich bin der neue Arbeitgeber von Frau Krämer und werde nicht dulden, dass man so mit ihr umspringt. Wenn ich richtig unterrichtet bin, hat sie eine Kündigungsfrist von einem Monat und es stehen ihr noch zwei Monate Urlaub zu. Ich denke, Sie sind so kulant und zahlen die restlichen Tage als Gehalt aus. Wir erwarten eine pünktliche Zahlung bis zum Monatsende. Sollte das nicht geschehen, sehen wir uns gezwungen, einen Anwalt in Anspruch zu nehmen. Er wird aus Italien anreisen, die Spesen werden Sie dann wohl übernehmen müssen.«

Ich hörte Johannes schnaufen. Sein Gesicht war wohl mittlerweile rot angelaufen und er suchte nach seinen Tabletten gegen hohen Blutdruck, die er regelmäßig nehmen sollte, was er aber ebenso notorisch ignorierte.

»Ich werde die Papiere fertigmachen lassen. Ich wünsche ihr alles Gute«, knurrte er und legte dann auf.

Jannis sah mich an und reichte mir das Handy.

»Danke«, sagte ich leise.

Jannis nahm meine Hand und zog mich an sich. »Ich hätte auch sagen können, dass ich dein Freund bin, aber ich glaube, das hätte ihn nicht so beeindruckt.«

»Das lag mir wirklich im Magen. Ich lasse ihn nicht gerne hängen, aber mehr als einmal habe ich ihn darauf hingewiesen, dass wir mehr Personal brauchen. Manche Arbeitgeber nutzen ihre Mitarbeiter bis zum Äußersten aus und beschweren sich, wenn sie irgendwann die Konsequenzen tragen müssen. Ich habe fristgerecht gekündigt und – «

»Du brauchst dich nicht verteidigen, cara mia, du hast alles richtig gemacht.« Er verschloss mir mit einem Kuss den Mund.

Ein Räuspern war hinter uns zu hören. »Ihr solltet es in Zukunft unterlassen, Zärtlichkeiten auszutauschen, wenn Personal in der Nähe ist. Das macht keinen guten Eindruck.«

Jannis fuhr herum und starrte Marina böse an. »Du

solltest dir angewöhnen, dass man anklopft, bevor man ein Zimmer betritt, Signorina.«

»Das habe ich«, erklärte sie hoheitsvoll. »Ich kann nichts dafür, dass dir die Liebe zu den Ohren herauskommt und dich taub macht.«

Jannis verdrehte die Augen. »Eines Tages werde ich ihr den Hals umdrehen«, knurrte er und küsste mich zum Trotz erneut.

Im Hotel herrschte große Betriebsamkeit, weil am nächsten Tag neue Gäste eintreffen würden. Es wurde alles für die nächsten drei Tage vorbereitet, in denen man den Besuchern ein abwechslungsreiches Programm bieten würde. Darunter die Führung über das Weingut, einen Besuch in Siena, die Verkostung der neuen Weine und ein Abendessen mit den Winzern.

Ich räumte mein Gepäck in Jannis Kleiderschrank, als er aus dem Büro heraufkam.

»Ich hoffe, es ist dir recht?«, fragte ich ein wenig verlegen.

»Aber natürlich. Wenn du mehr Platz brauchst, dann sag Bescheid.«

»Ich werde in den nächsten Wochen nach Frankfurt müssen, um mehr Kleidung und andere Dinge zu holen. Auch wenn ich meine Wohnung nicht aufgeben will, so brauche ich doch mehr, als nur in einen Koffer passt.«

»Ich kann dich begleiten. Wir könnten mit dem Auto fahren«, schlug er vor.

»Ich glaube nicht, dass viel in deinen Ferrari passen wird«, gab ich zu bedenken. »Das Auto war schon mit den Einkaufstüten aus Siena überfordert.«

Laut lachte Jannis auf. »Ich habe mehr als einen Wagen, cara mia. Wir können meinen SUV nehmen, da passt eine Menge hinein. Und was nicht hinein passt, werden wir mit einem Transportunternehmen befördern lassen.«

Er hatte sich an das Bett gelehnt und ich stellte mich zwischen seine Beine, legte meine Hände auf seine Schultern. »So viel Glück macht mich ganz ängstlich. Das habe ich nicht verdient.«

Er legte seine Hände auf meine Hüften. »Doch, das hast du – und ich auch.«

Ich küsste ihn kurz, dann hob ich den Kopf. »Ich habe Hunger. Wollen wir zusammen etwas kochen?«

»Ich bin echt zu müde. Wollen wir uns nicht etwas bestellen?«, fragte er.

»Du meinst aus Monteaperti?«

»In Casetta gibt es einige Restaurants, die auch liefern, es ist nicht weit von hier.«

»Gerne. Ich esse eigentlich alles, bestell mir einfach etwas.«

»Die Tagliatelle funghi sind klasse. Wir haben noch Brot und Schafskäsedip im Kühlschrank.«

»Ich decke dann schon mal den Tisch.« Mit einem Lächeln auf den Lippen hängte ich das letzte Kleidungsstück in den Schrank. Es fühlte sich alles so richtig an, als wäre es nie anders gewesen.

18

Nach dem Abendessen checkte ich mein Handy und es gab eine Menge Nachrichten von meinen Freundinnen. Johanna hatte mir geschrieben, wie schön sie den Ausblick fand. Als ich ihr antwortete, dass er jetzt zu meinem Schlafzimmer gehörte, rief sie mich an.

»Oh Toni, Milla hat uns alle informiert, dass du in Italien bleiben wirst.« Sie schien es wohl nicht wirklich glauben zu können.

»Ja, Johanna, das ist richtig. Ich habe hier ein tolles Jobangebot bekommen und zugegriffen. Es kann nicht mehr als schiefgehen«, setzte ich hinzu und Jannis warf mir einen bösen Blick zu. Wir saßen im Wohnzimmer und schauten ein wenig fern.

»Du hast dich verliebt«, folgerte Johanna daraus. »Ich bin so neidisch auf dich und gönne es dir so sehr. Dieser Jannis sieht verteufelt gut aus und ich hoffe, er macht dich glücklich.«

»Ja, das ist so«, stimmte ich zu.

»Ah, er ist bei dir. Okay, ich will dich auch gar nicht stören, aber was passiert mit deiner Wohnung?«

»Ich will sie erst einmal behalten. Es gibt mir ein wenig Sicherheit.«

»Ja, das kann ich gut verstehen. Sag mir nur Bescheid, wenn du sie irgendwann aufgeben willst. Ich mag deine Wohnung, sie ist größer und günstiger als meine. Ich würde sie übernehmen.«

»Wirklich? Ich werde in den nächsten Wochen meine Sachen abholen, dann ist sie so gut wie leer. Wir könnten meine Möbel einlagern und du kannst dort erst einmal einziehen. Ich darf sie untervermieten, das steht im Vertrag. Also, wenn du magst, steht sie dir zur Verfügung.«

Ich hörte, wie Johanna nach Luft schnappte. »Ist das dein Ernst? Ich habe nämlich die Kündigung erhalten, weil mein ganzer Block abgerissen werden soll. Das wäre einfach wunderbar.«

»Natürlich. Wenn ich in Frankfurt bin, besprechen wir alles genau. Milla hat einen Schlüssel für meine Wohnung. Du kannst ihn dir abholen und dir alles ansehen.«

»Oh, du bist ein Schatz, vielen Dank, Toni. Ich weiß gar nicht, was ich sagen soll.«

»Weißt du, ich habe in der letzten Zeit so viel Glück gehabt, davon gebe ich gerne etwas ab.« Mein Blick blieb an Jannis hängen, der so tat, als würde er sich auf den Wetterbericht im Fernsehen konzentrieren, doch an seinem Lächeln erkannte ich, dass er jedes Wort mithörte.

Später im Bett drehte er sich zu mir. »Weißt du, dass du mich zu einem sehr glücklichen Mann machst? Nicht nur du hast eine Menge Glück, ich habe es auch.« Er strich mir über das Haar.

»Ich muss immer an unseren Tanz denken. Ich glaube, in diesem Moment habe ich mich in dich verliebt«, gab ich zu.

»Ja, dieser Tango war wirklich etwas ganz Besonderes. Ich hatte eine Ewigkeit nicht mehr getanzt, aber es fühlte sich an, als hätte ich nie etwas anderes mit dir getan.« Seine Augen bekamen einen ganz besonderen Glanz. »Ich war schon öfters in dieser Bar und habe dort mit jemandem getanzt, aber es hat sich nie wie mit dir angefühlt. Es war die Macht des Zaubers, die uns zusammengeführt hat.« Er küsste mich und ich fühlte mich in seinen Armen so geborgen wie noch nie in meinem Leben. Ich war verdammt verliebt in Jannis.

»Ich hatte heute ein Gespräch mit dem Patron und er war sehr beeindruckt davon, dass du dir in kurzer Zeit einige Kenntnisse angeeignet hast. Er mag dich ungemein.«

Ja, das war auch mein Eindruck. »Das freut mich. Ich mag deinen Vater auch sehr. Er wird mich unterstützen. Hat er dich auf die Abfüllanlage angesprochen?«

Jannis nickte. »Ja, es ist ein großer Kostenfaktor, ich muss über die Finanzierung nachdenken. Denn so wie ich dich kenne, willst du ›Natives Olivenöl extra‹ vertreiben.«

Ich lachte leise. »Du kennst mich. Wenn du den besten Wein herstellst, dann will ich dir in nichts nachstehen und das beste Olivenöl vertreiben. Mit weniger gebe ich mich nicht zufrieden. Dafür brauche ich gutes Werkzeug.«

Er nickte. »Ich verstehe dich. Aber mein Vater will eine Menge neuer Bäume kaufen und dazu brauchen wir eine Press- und Abfüllanlage. Marina will ein größeres Hotel. Das sind eine Menge Investitionen, die ich erst einmal stemmen muss.«

Ich konnte ihn verstehen. »Neue Investitionen bergen ein Risiko. Ich kann verstehen, dass du nicht alles auf einmal finanzieren kannst. Vielleicht solltest du erst einmal Marinas Wunsch erfüllen. Weitere Zimmer werden mehr

Geld in die Kasse spülen. Ich kann ein Jahr auf neue Bäume warten.«

»Nein, die Bäume brauchen wir, da sie nur alle zwei Jahre Früchte tragen. Aber vielleicht können wir die Ernte zunächst in einer externen Ölmühle pressen lassen. Wir hätten natürlich nicht so viel Einfluss auf die Verarbeitung, aber es wäre nur für ein bis zwei Jahre.«

Ich stützte meinen Kopf auf einer Hand ab und blickte Jannis an. »Natürlich wäre das für mich in Ordnung. Ich wäre auch mit der Presse zufrieden, die wir bereits haben. So groß wird die erste Ernte ja nicht ausfallen.«

»Du solltest mit Marina über die Erstellung eines Logos und Etiketten sprechen. Sie ist wirklich ein Ass darin.«

»Ja, das werde ich tun. Aber morgen kommen die neuen Gäste und wir werden eine Menge zu tun haben.«

Er küsste mich sanft. »Ja, das werden wir, Ciccina. Dann sollten wir jetzt schlafen.«

Ich gähnte ausgelassen. »Was immer du befiehlst, Chef«, murmelte ich und war kurz darauf eingeschlafen.

Die neuen Gäste trafen ein. Darunter ein Ehepaar aus Österreich, zwei Pärchen aus Rom und drei Händler aus den Niederlanden.

Marina kümmerte sich darum, dass den Gästen ihre Zimmer zugeteilt wurden, während ich in der Zwischenzeit die Rezeption übernahm. Zwischendurch machte ich mich mit den Kundenlisten und Beständen der einzelnen Jahrgänge vertraut. Ich musste zugeben, dass Jannis ganz schön chaotisch arbeitete und es einige Zeit benötigen würde, bis ich Ordnung in die Büroarbeit gebracht hatte.

Am Abend gab es das Essen in Buffetform. Ich leistete Marina Gesellschaft, die sich um die Gäste kümmerte, Fragen beantwortete. Dabei konnte ich für die Österreicher übersetzen, da sie kein Italienisch sprachen. Kaum hatten wir das Buffet eröffnet, kam ein weiterer Gast an die Rezeption, der ungeduldig die kleine Glocke läutete, die dafür vorgesehen war, sich bemerkbar zu machen, wenn der Tresen nicht besetzt war.

»Ich gehe schon«, rief ich. Marina hatte mir erklärt, wie das Buchungssystem funktionierte, wann ein Zimmer belegt war, welches noch zur Verfügung stand und wie man die Schlüsselkarte mit dem Code programmierte.

Vor dem Tresen stand eine elegante Frau. Groß mit schwarzen Haaren. Die trug eine riesige Sonnenbrille und nahm sie auch nicht ab, als ich sie begrüßte, dabei war die Sonne bereits untergegangen.

»Buonasera. Sie haben vorbestellt?«, fragte ich freundlich.

Nun nahm die Frau doch ihre Brille ab und sie kam mir irgendwie bekannt vor. »Nein, das habe ich nicht nötig. Mein Name ist Ornella Visconte«, sagte sie in einem Ton, dessen Arroganz ihres Gleichen suchte.

Jetzt erkannte ich sie. Sie war Schauspielerin. Sie war sogar sehr berühmt. Man konnte sagen, der Exportschlager Italiens. Die Presse feierte sie als die neue Sophia Loren.

»Ich brauche kein Zimmer, ich werde bei meinem Mann wohnen«, sagte sie sehr bestimmt.

»Es tut mir leid, Signora Visconte, Ihr Mann scheint noch nicht angekommen zu sein.«

Ornella Visconte stieß ein lautes Lachen aus. »Aber Kindchen, Sie scheinen noch nicht lange hier beschäftigt zu sein, wenn Sie nicht wissen, was los ist. Mein Mann muss auch nicht ankommen, weil er schon längst hier ist. Was für eine absurde Idee! Man sollte Sie entlassen, bei so viel Unwissenheit. Wissen Sie denn nicht, wer ich bin?« Sie winkte ab, ohne dass ich etwas erwidern konnte. »Natürlich wissen Sie es nicht. Mein Mann braucht nicht eintreffen, weil ihm dieses Hotel und das Weingut gehören. Bitte lassen Sie Jannis Diamantis rufen und das sehr zügig, ich habe Migräne und möchte mich hinlegen. Warum muss ich immer alles erklären? Bin ich denn nur von Idioten umgeben?«

19

Ich stieß ein unwillkürliches Lachen aus, weil die Situation für mich mehr als komisch war. »Was hat Jannis sich denn da ausgedacht, um mich zu verwirren?«, war mein erster Gedanke.

»Was lachen Sie denn? Stupido!«, rief die Frau aufgebracht. »Ich verlange, dass Sie meinen Mann rufen. Pronto!« Sie schlug mit ihrer Hand auf den Tresen, an dem ein Ring steckte, der mir bekannt vorkam. Ein silberner Reif, auf dem eine Weinrebe eingraviert war.

»Was ist denn hier für ein Geschrei?« Jannis kam die Treppe aus dem oberen Stockwerk herunter. Er hatte bereits sein Jackett abgelegt, trug nur ein Hemd, an dem er die Ärmel aufgekrempelt hatte und seine Anzughose. Er hatte bereits Feierabend gemacht.

»Jannis! Endlich! Da bist du ja. Dieses dumme Ding will mir ein Zimmer geben, ist das nicht zum Lachen?« Die Frau lachte laut auf und ging auf ihn zu, wollte ihn umarmen, doch Jannis machte einen Schritt rückwärts und wäre beinahe über ihre Koffer gestolpert.

Ich sah ihn die ganze Zeit an, doch er wich meinem Blick aus. »Ornella! Was tust du hier?«, rief er überrascht.

»Was wohl? Ich komme dich besuchen. Meine Assistentin hat dir eine Mail geschrieben oder SMS, auf jeden Fall wusstest du, dass ich komme.«

»Nein, das wusste ich nicht und ich sehe auch keinen Grund, warum du hier sein solltest.« Er fuhr sich mal wieder über sein Haar, dann stemmte er die Hände in die Hüften, sodass sein Hemd über der breiten Brust spannte. Er hatte es wie so oft viel zu weit aufgeknöpft.

»Als ob ich das begründen müsste! Ich möchte meine Tochter sehen, aber das wollen wir doch wohl nicht hier vor dem Personal diskutieren.«

»Personal?!«, rutschte es mir fragend heraus.

»Ja, Sie sind doch hier angestellt, oder irre ich mich? Sie gehören doch wohl nicht zu den Gästen?« Wieder lachte sie auf und es hörte sich hässlich an.

Ich erwartete, dass Jannis etwas erwiderte oder klarstellte, doch nichts dergleichen geschah.

»Bringen Sie mein Gepäck nach oben«, befahl sie mir und hängte sich an Jannis Arm.

»Was ist denn los?« Marina kam zur Rezeption und sah von einem zum anderen. Als sie Ornella Visconte entdeckte, verfinsterte sich ihr Gesicht.

»Ah, da ist sie ja. Du bist so erwachsen geworden. Ich hätte dich beinahe nicht erkannt, mein liebes Kind.« Ornella steuerte auf Marina zu und wollte sie in die Arme nehmen, doch Marina hob die Hände.

»Fass mich nicht an! Was willst du hier?« Marina war geschockt.

»Ich habe ein wenig Zeit zwischen zwei Drehs und dachte, ich könnte sie mit meiner Familie verbringen.«

Ornella sagte es, als hätte sie erst vor ein paar Wochen das Gut verlassen. Aber vielleicht hatte sie es ja auch.

»Deiner Familie?«, rief Marina aufgebracht. »Dafür hast du dich aber sehr lange nicht sehen lassen. Wie lange ist es her? Neunzehn Jahre?«

»Marina«, schritt Jannis ein. »Denk an die Gäste, bitte, sprich leiser.«

Sie warf mir einen um Hilfe bittenden Blick zu, doch ich war viel zu geschockt, um etwas zu sagen. Bekanntlich war ich nicht auf den Mund gefallen, doch diese Situation verdammte mich zum Schweigen, weil mir einfach die passenden Worte fehlten. Jannis Diamantis war mit Ornella Visconte verheiratet gewesen. Und so wie es aussah, war er es immer noch.

»Ich werde mich jetzt um die wirklich wichtigen Gäste kümmern«, sagte Marina und machte auf dem Absatz kehrt, ging zurück in den Speiseraum.

»Bringst du mich jetzt hinauf?«, fragte Ornella an Jannis gewandt, als hätte die Zurückweisung ihrer Tochter gar nicht stattgefunden.

»Ich werde dir eines der Gästezimmer geben.« Endlich erwachte Jannis aus seiner Erstarrung.

»Aber warum kann ich nicht bei dir wohnen?«

»Weil ich … ausbaue. Ich renoviere gerade«, sagte er und warf mir einen kurzen Blick zu.

Ornella folgte diesem und wandte sich zu mir um. »Na, machen Sie schon und stellen Sie die Schlüsselkarte aus!«, fuhr sie mich an.

»Ich mache das schon«, erklärte Jannis, wohl froh, etwas zu tun zu haben.

»Ja«, war das Einzige, was ich herausbrachte. Ich drehte mich um und ging zurück in den Speiseraum, der Appetit war mir allerdings gehörig vergangen.

Ich setzte mich Marina gegenüber, die mich vielsagend ansah, aber wir sprachen kein Wort miteinander, sondern unterhielten uns mit den Gästen, bis alle auf ihre Zimmer verschwanden. Als wir die Reste des Essens in die Küche geräumt hatten und die beiden Angestellten, die im Service arbeiteten, ebenfalls nach Hause gegangen waren, waren wir endlich allein.

Ich nahm mir einen kleinen Schluck Wein und schüttete ihn in einem Zug hinunter. Ich glaube, ich hätte in diesem Moment gut ein Glas von Christos Ouzo vertragen können. Ach, was sagte ich, ein Glas? Eine ganze Flasche wäre gut.

»Warum hast du mir nicht gesagt, dass Ornella Visconte deine Mutter ist?«, fragte ich erschöpft.

»Ich dachte, Jannis hätte es dir erzählt. Ich spreche nicht über sie. Und ich nenne sie auf keinen Fall ›Mutter‹, denn das ist sie nicht. Sie ist lediglich die Frau, die mich auf die Welt gebracht hat. Mehr nicht. Christos Frau Rosa war so etwas, was einer Mutter am nächsten kam.«

»Ich kann es nicht fassen, dass er mir das verschwiegen hat.« Ich schüttelte den Kopf und musste mich setzen, weil ich Angst hatte, meine Knie würden nachgeben.

»Ich möchte wissen, was sie hier will. Sie führt doch etwas im Schilde.«

»Warum tragen denn beide noch ihre Eheringe? Sind sie immer noch verheiratet?« Ich verstand nichts mehr.

Marina schüttelte den Kopf. »Nein, sie sind schon lange geschieden. Ich glaube, Jannis trägt den Ring aus Sentimentalität. Mehr steckt nicht dahinter.«

»Und wenn doch?« Ich war so geschockt, dass ich nicht mehr klar denken konnte.

»Er hat zumindest nicht klargestellt, dass ich bei ihm wohne. Er hatte die Frechheit zu behaupten, dass er renovieren würde. Wenn er glaubt, dass ich noch eine Nacht in seinem Bett verbringe, dann kennt er mich nicht. Eher schlafe ich im Auto.«

»Du kannst drüben bei mir schlafen, ich habe ein breites Bett. Oder wir haben auch ein Mitarbeiterzimmer frei.« Marina sah müde aus.

»Na, da gehöre ich ja eigentlich auch hin. Ich scheine doch nicht mehr zu sein als eine Angestellte. Gut, dass man mir früh genug die Augen geöffnet hat.«

»Ach Antonia! So darfst du nicht reden. Jannis will immer nur das Beste für mich. Er gibt Ornella immer nach, weil er Angst hat, dass sie mir sonst schaden wird. Du darfst es ihm nicht übelnehmen. Er wird es dir sicherlich erklären.«

»Marina, er hätte es vorhin in der Lobby klären können, es aber nicht getan. Es tut mir leid, ich lasse mich so nicht behandeln.«

»Aber …, aber du wirst doch wohl jetzt nicht gehen?« Panik stand in ihrem Gesicht.

Ich konnte ihr unmöglich die Wahrheit sagen, nicht heute Abend, daher schüttelte ich den Kopf. »Nein, ich werde drüben eines der Angestelltenzimmer beziehen. Ich denke, das wird erst einmal das Beste sein.«

Ich entschied mich für ein unbewohntes Zimmer im Haus von Christo, wo auch einige der Angestellten lebten. Das Haus war ziemlich groß. Marina zeigte mir die große Küche, in der auch gegessen wurde, und einen großen Aufenthaltsraum im Erdgeschoss. Im Obergeschoss gab es zehn Schlafräume, die jeweils ein eigenes Bad besaßen. Es war ein schönes, rustikales Steinhaus, das im Sommer bestimmt angenehm kühl war, wenn die Jalousien geschlossen waren. Marina gab mir ein Zimmer direkt neben ihrem. Ich war froh, als ich die Tür hinter mir schließen konnte. Meine Wut war noch lange nicht verraucht. Warum hatte Jannis mir weder die Wahrheit gesagt noch für klare Verhältnisse gesorgt? Vermutlich schlief jetzt seine Ex-Frau sogar bei ihm.

Marinas Sorge, dass ich zurück nach Deutschland gehen würde, war gar nicht so unbegründet. Es musste doch einen Grund dafür geben, dass Jannis so getan hatte, als würde er keinen Kontakt zu seiner Ex-Frau haben. Warum hatte er verschwiegen, dass sie eine berühmte Schauspielerin war? Lief zwischen den beiden mehr, als er zugeben wollte? All diese Fragen wanderten durch meinen Kopf und ließen mich nicht schlafen. Hier stand mehr auf dem Spiel als nur ein kleiner Urlaubsflirt. Ich war bereit gewesen, mein ganzes Leben zu ändern, und Jannis brachte es nicht einmal über die Lippen, dass er eine neue Beziehung eingegangen war? Ich war so enttäuscht, dass mir die Tränen in die Augen traten, doch ich gab dem Impuls nicht nach. Ich würde nicht so schnell aufgeben. In den letzten Tagen hatte sich in mir ein Traum aufgebaut und noch war ich nicht bereit, ihn einfach loszulassen.

20

Ich hatte mir meinen Handywecker für sieben Uhr gestellt und duschte schnell. Ich würde mich drüben im Haus umziehen müssen, weil ich nichts mitgenommen hatte. Also zog ich die Kleidung vom Vorabend an und ging hinunter, um zu frühstücken. Marina hatte mir erklärt, dass man in diesem Haus gemeinsam um halb acht das Essen einnahm. Als ich die Treppe hinunterkam, hörte ich laute, aufgeregte Stimmen, die durcheinander sprachen.

»Wie konntest du Antonia nur so vor den Kopf stoßen?« Das war Marina.

Als ich meinen Namen hörte, verharrte ich automatisch auf der Stelle.

»Marina, sie ist deine Mutter. Hätte ich sie auf die Straße setzen sollen?«, hielt Jannis dagegen, was mir sofort einen Stich versetzte.

»Hat dir diese Frau nicht schon genug angetan?« Das war die tiefe Stimme von Christo. Es war ein wenig tröstlich zu hören, was er von der Sache hielt.

»Warum fällst du auf eine Frau herein, die sich alle

zehn Jahre mal daran erinnert, dass sie eine Tochter hat? Ornella hat bestimmt einen Plan. Du bist doch nicht so dumm zu glauben, dass sie plötzlich auf Familie machen will, oder?" Marinas Stimme überschlug sich fast.

»Was für einen Plan soll sie denn haben?«, fragte Jannis nach.

Oh nein, er war so verblendet! Vermutlich lag es daran, dass er immer noch in seine Frau verliebt war. Ich hatte mich die ganze Zeit gefragt, warum so ein Mann wie Jannis keine feste Beziehung mehr eingegangen war. Es hatte auf der Hand gelegen, dass da etwas nicht stimmte. Nun hatte ich die Antwort. Im Grunde war *ich* hier die Dumme, die all diese Anzeichen ignoriert hatte. Ich hatte sie einfach nicht sehen wollen, weil ich ein wenig Glück für mich beansprucht hatte.

»Ich habe keine Ahnung, aber diese Frau hat immer einen Plan. Sie ist Schauspielerin, was erwartest du? Wie kann man sich nur so blenden lassen?« Marina schien zu resignieren.

»Sie wird Geld wollen«, mischte Christo sich erneut ein.

»Sie hat genug Geld«, hielt Jannis dagegen.

»Aber sie führt ein aufwendiges Leben. Die letzten Filme waren keine großen Erfolge, wenn ich das richtig verfolgt habe. Und das Märchen von einer Drehpause wirst du doch wohl nicht glauben? Sie hat kein Engagement, das wird es sein. Ich dachte immer, ich hätte einen klugen Mann großgezogen, aber im Moment bist du dumm wie ein Esel! Cretino!«, knurrte Christo und ich hörte Schritte, die sich entfernten.

Ich blickte zur Haustür, die einen Spalt offenstand. Anstatt in die Küche zu gehen, verschwand ich ungesehen und lief hinüber zum Hotel. Ich musste mich dringend umziehen und später würde ich meine Sachen aus Jannis Wohnung holen. Ich hoffte inständig, dass ich dort nicht Ornella begegnen würde.

Ich hatte Glück, die Wohnung war leer und ich beeilte mich, mein Haar zu trocknen, etwas Make-up aufzulegen und frische Kleidung anzuziehen. Ich entschied mich für eines der neuen Kleider aus Siena. Ich brauchte eine Art Rüstung, die mich schützen würde, vor was auch immer mich an diesem Tag erwarten würde. Und gut auszusehen, gab mir ein wenig Halt.

Gegen eine Ornella Visconte kam ich natürlich nicht an, aber das war auch gar nicht mein Anspruch. Wenn man es objektiv betrachtete, passte sie wesentlich besser zu Jannis. Es war kein Wunder, dass sie ein so hübsches Kind wie Marina gezeugt hatten. Sie hatte die bemerkenswert großen Augen ihrer Mutter, ihre Eleganz und die große, schlanke Figur ihres Vaters.

Ich warf einen letzten Blick auf den Kleiderschrank. Hatte ich ihn nicht erst gestern eingeräumt? Ich würde mich mit dem Zimmer in Christos Haus begnügen. Es reichte vollkommen aus.

Als ich aus der Wohnung trat, öffnete sich die gegenüberliegende Tür – und es war nicht das Zimmermädchen.

Ornella brauchte einen Moment, bis sie begriff, was los war.

»Sie wohnen mit meinem Mann zusammen?«, rief sie entrüstet, als könnte sie es nicht glauben.

»Soweit ich informiert bin, ist er nicht mehr Ihr Mann. Aber vielleicht sind meine Informationen auch falsch«, entgegnete ich gelassen.

»Natürlich ist er mein Mann und es ist mein Kind. Kein Wunder, dass Jannis sich so merkwürdig verhalten hat, aber –«

»Dafür, dass alles Ihnen gehört, haben Sie wenig Interesse daran. Es tut mir leid, ich muss zu meiner Arbeit«, erklärte ich und schaute demonstrativ auf meine Uhr. Ich wollte mich nicht mit ihr auseinandersetzen, denn ich war ihr keine Rechenschaft schuldig.

Ornella schnaufte entrüstet, ließ mich aber dennoch ziehen. Ich hatte dieser Frau nichts weiter zu sagen.

Im Büro machte ich mich daran, die Händler weiter zu katalogisieren, Listen über Kontaktdaten zu erstellen und ihnen die bisherigen Bestellungen zuzuordnen. Aus den Statistiken konnte man eine Menge herauslesen und passende Angebote zuschneiden. Ich nahm mir erst einmal vor, das laufende Jahr aufzuarbeiten, damit wäre ich einige Monate beschäftigt. Ich hatte keine Ahnung, wie Jannis das alles ohne Ordnung hinbekommen hatte. Marina hatte wirklich recht, dass er in Büroarbeit eine absolute Katastrophe war.

Die Tür flog auf und Jannis stand unerwartet vor mir. »Wo warst du die ganze Nacht?«, rief er aufgebracht. »Ich suche dich schon den ganzen Morgen.«

Ich versuchte, ruhig zu bleiben, und unterbrach meine Tätigkeit, Rechnungen nach Datum zu sortieren, nicht. »So? Blieb dir dafür noch Zeit? Ich dachte, du würdest dich um deine ›Frau‹ kümmern.« Ich zeichnete mit Mittel- und Zeigefinger zwei Anführungszeichen in die Luft.

Jannis sah mich wütend an. Das war echt die Höhe, dass er jetzt auch noch auf *mich* sauer war, als wäre ich hier das Unheil allen Übels.

»Warum bist du nicht zu mir gekommen?«, zischte er mir zu.

»Hör auf, in so einem Ton mit mir zu sprechen! Ich habe nichts Unrechtes getan. Du bist hier der Mann, der kein Rückgrat zeigt und sich von seiner Frau oder Ex-Frau oder was auch immer sie ist, auf der Nase herumtanzen lässt.«

»Jetzt fängst du auch noch an! Verstehst du denn nicht, warum ich das tue?«

Ich erhob mich und schloss die Tür. Unseren Streit musste ja nicht jeder mitbekommen.

»Nein, ehrlich gesagt verstehe ich es nicht. Marina ist alt genug, um sich selbst ein Urteil über ihre Mutter zu bilden. Du hast mir erzählt, dass sie dich kurz nach der Geburt verlassen hat, aber anscheinend hattest du sehr wohl noch Kontakt zu ihr. Ich frage mich, warum du mich so belogen hast.«

»Ich habe es für dich getan. Was glaubst du, was hier los wäre, wenn Ornella wüsste, dass ich dich liebe? Dann würde sie dir das Leben zur Hölle machen.«

»Ich kann sehr gut alleine gegen den Teufel kämpfen«, erklärte ich selbstbewusst. »Was meinst du denn, wie das alles auf mich wirkt? Du hattest noch nicht einmal den Mumm, mir zu erzählen, dass du mit Ornella Visconte zusammen warst. Bist du denn überhaupt von Ornella geschieden? Hast du eine Ahnung, wie weh mir das tut, so belogen zu werden? Ich fühle mich hintergangen. Anscheinend bist du nur als Mitarbeiterin an mir interessiert, die dir das Bett wärmen durfte, bis deine berühmte Frau wieder auftaucht. Ich sage dir jetzt eins: Ich will diesen Job und ich will diese Olivenbäume, aber ich will auf keinen Fall ein billiger, kurzfristiger Ersatz sein für deine Frau, die für dich nicht mehr erreichbar ist. Zu deiner Information: Ich werde zu Christo drüben ziehen, dann stehe ich dir nicht mehr im Weg. Solltest du mich nicht in Ruhe lassen, werde ich zurück nach Deutschland gehen. Ich werde schon irgendwo einen Job finden. Alles ist besser, als nur ein billiger Ersatz zu sein.«

Jannis starrte mich entgeistert an. »Du bist kein billiger Ersatz, weiß Gott nicht.«

Ich nahm die Kette ab, die er mir geschenkt hatte. »Hier, die war sicherlich für Ornella gedacht. Jetzt ist sie ja hier, und du kannst sie ihr schenken.« Ich drückte sie ihm in die Hand und setzte mich hinter meinen Schreibtisch, nahm meine Arbeit wieder auf.

»Ich werde nicht zulassen, dass du mich verlässt.« Er sah mich finster an.

»Man kann niemanden verlassen, den man nie besessen hat, das solltest du dir merken, Jannis. Ich bin ein Mensch, der echte Gefühle hat. Was auch immer ihr für ein krankes Spiel spielt, ich stehe dafür nicht zur Verfügung.« Damit drehte ich mich wieder dem Bildschirm zu. Ich hatte keinen Nerv auf weitere Diskussionen und zum Glück wandte Jannis sich ab und verließ das Büro, knallte laut die Tür zu.

»Sehr erwachsen«, murmelte ich und schüttelte den Kopf.

Ein Klopfen ließ mich aufschauen, und ich war erleichtert, als Marina den Kopf zur Tür hereinsteckte.

»Du glaubst es nicht! Jetzt ist Jannis mit ihr weggefahren in seinem Ferrari.«

Ich hätte lieber nichts erfahren, doch ich hob die Schultern. Ich wollte Marina nicht vor den Kopf stoßen. »Sie benimmt sich, als wären sie noch verheiratet.«

»Vielleicht sind sie es ja noch«, warf ich ein. »Kann es

sein, dass dein Vater dich belogen hat, um dich zu schützen?«

»Nein, das kann ich nicht glauben, dass mein Vater Christo und mich all die Jahre belogen hat. Ich verstehe nicht, warum Jannis ihr gegenüber so nachgiebig ist. Er muss doch erkennen, was sie für ein Mensch ist. Voller Egoismus und eine Narzisstin. Warum benimmt er sich so?«

»Er sagte mir, er tut es, um mich zu schützen.« Ich lachte auf. »Aber das nehme ich ihm nicht ab. Weißt du, Marina, ich hatte immer den Vorsatz, dass ich Beruf und Privatleben trenne. Und wie man jetzt sieht, hätte ich dabei bleiben sollen.«

Marina trat zu mir und legte mir die Hand auf die Schulter. »Du wirst aber nicht gehen, oder?«

Ich antwortete nicht sofort, sondern seufzte leise. »Ich habe meinen Job in Frankfurt bereits gekündigt. Sehr voreilig, wie ich jetzt feststelle. Aber ich kann im Augenblick auch nicht zurück. Ich habe die Wohnung einer Freundin versprochen. Ich werde also erst einmal hierbleiben. Ich würde gerne das Zimmer drüben beziehen. Ich übernehme auch die Miete.«

Marina schüttelte den Kopf. »Die Zimmer werden den Angestellten kostenlos zur Verfügung gestellt. Christo würde niemals Geld dafür annehmen. Schon gar nicht von dir. Er ist dir so dankbar, dass du dich um die Olivenbäume kümmern willst. Wir beide stehen auf deiner Seite.«

Ich lächelte tapfer. »Das ist sehr lieb von euch. Aber ich möchte keinen Keil zwischen euch treiben. Es ist eine Familienangelegenheit, die mich nichts angeht. Ich darf mich nicht einmischen, Marina. Es tut mir sehr leid.«

»Aber du gehörst doch jetzt zur Familie, Antonia.

Jannis hat gesagt, dass er dich liebt, und das glaube ich ihm.«

Ich war davon gar nicht mehr überzeugt. »Und was, wenn Jannis ein viel größerer Schauspieler ist, als Ornella es je sein wird?«

Marina dachte einen Moment über meine Worte nach. Dann schüttelte sie den Kopf und verließ wortlos den Raum. Die Panik in ihren Augen machte mir Angst. Ich erhob mich und lief ihr nach.

Vor dem Haus war sie jedoch nicht mehr zu sehen. Die Hitze flimmerte. Mir war gar nicht aufgefallen, wie warm es heute war.

»Sie ist drüben ins Haus gelaufen.«

Ich blickte zur Seite und sah Christo im Schatten des Baumes sitzen. »Komm, setz dich einen Moment zu mir«, bot Christo mir an.

Da die Gäste den Morgen zur freien Verfügung hatten und niemand im Hotel war, nickte ich. »Ja, gerne.« Ich nahm neben ihm auf der Bank Platz und atmete angestrengt aus. Pepe kam zu mir und legte eine Pfote auf meinen Schoß. Ich strich ihm über den Kopf und er schmiegte sich an mich. Er war so ein lieber Kerl. Alles auf diesem Fleckchen Erde war so nett und freundlich. Wenn ich wirklich gehen musste, würde es mir das Herz brechen.

»Nimm es ihm nicht übel. Diese Frau hat ihm schon immer den Kopf verdreht. Er wird wieder zur Besinnung kommen. Du glaubst doch nicht, dass sie lange hierbleiben wird? Ornella und das Landgut passen nicht zueinander. Sie wird Geld von ihm wollen. Glaube mir, Ornella ist nicht an Jannis interessiert oder an ihrem Mädchen. Für sie gibt es nur eines, was von Bedeutung ist, und das hat am Ende eine Menge Nullen.«

»Aber ich verstehe nicht, warum Jannis sich nicht zu mir bekannt hat. Er hätte ihr doch erklären können, dass er eine neue Beziehung hat. Er trägt immer noch seinen Ehering. Ich verstehe das alles nicht.« Ich sah fragend zu Christo auf.

Christo steckte sich einen Zigarillo an.

»Du rauchst?«, fragte ich überrascht.

»Nein, ich tue nur so«, brummte er und paffte den Rauch in die Luft. »Jannis will nicht, dass Ornella irgendetwas über sein Leben erfährt. Sie würde jede Kleinigkeit gegen ihn verwenden. Denkst du wirklich, dass er dich so hintergehen würde? Den Olivenölhandel planen, wenn es ihm nicht ernst mir dir wäre? Du musst lernen, ein wenig zu vertrauen. Nicht immer ist alles so, wie es auf dem ersten Augenblick scheint, Antonia.«

Man hörte den Motor eines Wagens aufheulen, und der Ferrari kam vor dem Eingang zum Stehen. Ornella neben Jannis in dem Auto zu sehen, versetzte meinem Herzen einen Stich. Der Drang in mir, einfach aufzustehen und wegzulaufen, wurde immens groß.

Bevor ich mich erheben konnte, legte Christo seine große Hand auf mein Knie. »Bleib sitzen. Lauf nicht weg. Atme durch«, raunt er mir zu.

Ich nickte unmerklich und holte Atem, dabei ließ ich den Wagen nicht aus den Augen.

Pepe stand auf und begann laut zu bellen. Er hörte sich gefährlich an. Er konnte Ornella wohl auch nicht leiden.

Ornella stieg zuerst aus und lief mit schnellen Schritten ins Hotel, während Jannis sich mit dem Aussteigen Zeit ließ. Er nahm die Sonnenbrille ab, die auf seinem Kopf saß, und sah zu uns in den Schatten hinüber. Er trug eine weiße Leinenhose und ein schwarzes Hemd mit offenen Sandalen. Sein Haar war zerzaust, als hätte er einen Tag am

Meer verbracht. Mit langsamen Schritten kam er auf uns zu.

»Ciao Patron! Antonia!«, grüßte er uns.

»Ciao Jannis. Come stai?«, fragte sein Vater.

»Im Augenblick geht es mir nicht so gut«, gab Jannis zu.

»Ci fai o ci sei?«, fragte Christo.

»Ja, ich denke auch, ich bin verrückt«, murmelte Jannis und setzte sich auf einen großen Stein, der neben der Bank aufgestellt war. Er blickte hinüber zum Hotel, wo in diesem Augenblick Ornella herauskam und ihre Koffer zu dem Wagen schleppte, der neben Jannis Ferrari parkte.

»Sieh mal einer an, sie kann ja doch die Koffer tragen.« Ich konnte mir diese spitze Bemerkung einfach nicht verkneifen.

Marina kam aus Christos Haus und ging auf Ornella zu. Sie sprachen kurz miteinander, man konnte aber nicht verstehen, was genau, dafür war die Entfernung zu weit.

Als Marina nach ihrem Arm greifen wollte, schlug Ornella ihre Hand weg und stieg in das kleine Cabrio. Mit einer Staubwolke, die die durchdrehenden Reifen hinterließen, schoss der Wagen vorwärts und fuhr davon.

Eine ratlose Marina blieb allein zurück. Als sie uns auf der Bank entdeckte, setzte sie sich in Bewegung und kam zu uns herüber.

»Dort fährt gerade mein Ferrari davon«, murmelte Jannis.

Marina hob die Hände über die Augen und blickte dem Wagen hinterher, der schon gar nicht mehr zu sehen war.

»Ich glaube, ich habe etwas an den Augen. Wenn ich mich nicht irre, ist gerade ein Fiat vom Hof gefahren und dein Ferrari steht auf seinem Parkplatz.«

Jannis verzog das Gesicht. »Das schon. Aber er steht nicht mehr lange dort. Ich werde ihn verkaufen müssen, um die Summe auszugleichen, die ich gerade von dem Geschäftskonto abheben musste, um sie an Ornella auszuzahlen.«

»Was?«, rief Marina aufgebracht. »Wie konntest du nur? Du hast ihr Geld gegeben? Warum hast du das getan? Ci fai o ci sei?«, fragte nun auch seine Tochter, ob er verrückt war.

»Das war der Preis für meine Freiheit. Es war eine Summe, die ihr zustand. Ich habe es ihr gegeben, damit sie endlich die Scheidungspapiere unterschreibt. Nun sind wir geschiedene Leute. Nach all den Jahren.«

»Aber sie wird immer wiederkommen, wenn sie wieder Bares braucht.« Marina war sehr wütend.

Jannis schüttelte den Kopf. »Nein, mein Kind, das wird sie nicht. Wir waren bei meinem Anwalt und sie hat unterschrieben, dass sie auf alle weiteren Ansprüche verzichtet. Ich werde den Wagen verkaufen, das ist es mir wert, diese Frau endlich los zu sein.«

»Aber du hast doch immer behauptet, ihr wärt schon längst geschieden.« Marina ließ nicht locker.

»Ja, ich habe gelogen. Sie hat nie die Papiere unterschrieben. Mir war es nicht wichtig, doch jetzt wurde es sogar sehr wichtig. Ich will frei sein.« Er warf mir einen Blick zu.

»Du hättest das nicht tun müssen, nicht für mich«, erklärte ich.

»Doch, Antonia, wenn, dann nur für dich«, sagte er leise.

Mir fiel auf, dass er den Ehering nicht mehr trug. Er hatte ihn abgenommen. Ein feiner, heller Streifen war an dem Ringfinger zu sehen.

Er bemerkte meinen Blick, der an seiner Hand klebte. »Es war nur eine alte Gewohnheit, diesen Ring zu tragen, mehr nicht.«

»Wie willst du denn diesen Wagen verkaufen?«, fragte Christo. »Mit dieser Farbe wirst du ihn niemals los. Wer fährt denn schon ein gelbes Auto?« Er schüttelte den Kopf.

»Du hast so lange auf diesen Wagen gespart. Du kannst ihn nicht einfach so loswerden.« Marina war den Tränen nah.

»Marina, es ist nur ein Auto, mehr nicht. Er ist es mir wert, dass wir nun frei von deiner Mutter sind. Dieser Wagen ist ein Sammlerstück. Man wird ihn mir aus den Händen reißen«, erklärte Jannis voller Überzeugung.

»Was verlangst du dafür?«, fragte Christo.

»Nun, er ist fast nagelneu, ist gerade mal tausend Kilometer gefahren. Ich denke, ich werde vierhundertfünfzig dafür bekommen«, überlegte Jannis laut.

Christo lachte. »Viertausendfünfhundert ist nicht gerade viel.«

Jannis räusperte sich. »Ich spreche von vierhundertfünfzig*tausend* Euro.«

»Ci fai o ci sei?«, rief ich laut. »Bist du wahnsinnig? Wer fährt ein Auto, das so viel wert ist?«

»Jetzt fängst du auch noch an«, stöhnte Jannis. »Was habt ihr nur alle gegen mein Auto? Dann ist es ja gut, dass ich es verkaufe, wenn es keiner mag.«

»Ich werde es kaufen.« Christos Stimme ließ uns alle verstummen.

»Was?«, fragte Jannis nach, als hätte er sich verhört.

»Ich werde den Wagen kaufen und dir das Geld dafür geben.«

»Was willst du mit einem Ferrari?«, fragte Jannis aufgeregt. »Du sagst doch immer, du kannst nicht mal dort einsteigen.«

»Er ist ja auch nicht für mich. Ich werde ihn meiner Enkelin schenken«, erklärte Christo in seiner besonnenen Art.

»Für mich? Du willst mir diesen Wagen schenken? Oh Großvater!« Marina schlang ihre Arme um Christos Hals und schon waren alle Tränen Geschichte.

»Hey! Du hast doch immer gesagt, dass es eine unmögliche Farbe für ein Auto ist«, beschwerte sich Jannis.

Marina grinste breit. »Ja, weil es dein Wagen war. Aber jetzt, wo das Auto mir gehört, finde ich die Farbe gar nicht so schlecht. Vielleicht klebe ich einen Smiley drauf, du weißt schon, den mit der schwarzen Sonnenbrille.«

»Du willst einen Aufkleber auf einen Ferrari machen?« Jannis schüttelte den Kopf. »Ich werde das Auto behalten, basta!«, rief er und stapfte wütend davon.

»Ich wusste doch, dass ich ihn dazu bekomme, den Wagen nicht zu verkaufen. Er liebt diese Karre.« Marina grinste wissend.

»Dann war das alles nur ein Spiel?«, fragte ich und blickte abwechselnd von Christo zu Marina.

Marina setzte sich zu ihrem Großvater auf die Bank und lehnte ihren Kopf an seine Schulter. »Was soll ich mit einem Wagen, wenn ich doch ohnehin bald auf die Hotelmanagerschule gehe.« Sie grinste breit und Christo strich ihr über die Wange.

»Aber über eine Fahrt hätte ich mich schon gefreut«, murmelte Christo und paffte eine Rauchwolke in den Himmel.

21

Ich machte mich auf die Suche nach Jannis und fand ihn im Schlafzimmer seiner Wohnung. Er hatte alle Schränke geöffnet und stand davor.

»Was machst du?«, fragte ich überrascht und lehnte mich an den Türrahmen.

»Ich schaue nach, ob du schon deine Sache gepackt hast«, erklärte er und schloss die Türen wieder. »Wie es scheint, ist es nicht der Fall.« Er drehte sich zu mir um, kam aber nicht näher.

»Möchtest du denn, dass ich gehe?«, fragte ich vorsichtig nach. Ich hatte plötzlich ein schlechtes Gewissen, dass ich an ihm gezweifelt hatte. Das tat mir nun unendlich leid.

»Nein, natürlich nicht. Wie kommst du nur darauf?«

»Weil ich dir nicht vertraut habe. Ich hatte Zweifel und war wohl auch ein wenig eifersüchtig«, gab ich zu und löste mich vom Türrahmen, ging langsam auf ihn zu.

»Vielleicht habe ich dir ja auch ein wenig Anlass gegeben, an mir zu zweifeln«, gab er zu.

Ich hob die Schultern. »Ich denke, wir müssen uns

einfach noch viel besser kennenlernen, bis wir uns blind vertrauen können.«

»So wird es wohl sein. Dann wirst du bei mir bleiben?«

Er schien sich wirklich nicht sicher zu sein.

»Jannis, ja, natürlich werde ich bleiben. Ich liebe dich. Ich kann gar nicht mehr gehen, es würde mir das Herz brechen. Du bist alles, was ich mir je gewünscht habe«, gestand ich leise und wagte nicht, ihm in die Augen zu blicken.

»Antonia, schau mich an.« Er griff nach meinen Händen.

Zögerlich sah ich zu ihm auf, und er blickte mich aufmerksam an. »Du machst mich sehr glücklich, weißt du das? Ich habe schon nicht mehr daran geglaubt, dass du zu mir halten wirst. Umso glücklicher machen mich deine Worte. Ich liebe dich auch, cara mia. Ich kann dir gar nicht sagen, wie sehr. Unsere Zukunft wird wunderbar werden, auch wenn wir auf eine Abfüllanlage erst einmal warten müssen.«

Ich strich ihm eine Haarsträhne aus der Stirn. »Das ist nicht wichtig. Zusammen werden wir alles schaffen. Ich habe ein wenig Geld angespart, vielleicht können wir es für eine Anzahlung nutzen.«

»Du meinst, wir könnten Geschäftspartner werden?«, überlegte Jannis.

»Sind wir das nicht schon längst? Partner? Ich meine, wir sind Wohnungspartner und Arbeitspartner …«

»Tanzpartner nicht zu vergessen und Bettpartner. Außerdem sind wir Kettenpartner.« Er holte meine Kette mit dem halben Herz aus der Hosentasche und hängte sie mir wieder um.

Ich grinste. »Dann wäre es doch nur logisch, wenn wir auch Geschäftspartner werden.«

»Ich wäre gerne dein Geschäftspartner, aber am liebsten wäre ich gerne dein Lebenspartner. Dazu gehört auch etwas, woran man erkennt, dass wir Partner sind.« Er zog etwas aus seiner Tasche und reichte es mir.

Es war eine kleine Schachtel, deren Deckel ich öffnete.

Darin fand ich zwei Ringe aus Weißgold. Der größere Reif hatte ringsum eine Gravur in Form von Olivenzweigen, die ineinander verschlungen waren. Der kleinere Ring hatte zwei Oliven mit Blättern aus Weißgold in der Mitte eingearbeitet.

»Ich dachte mir, Oliven würden dir gefallen.«

»Oh Jannis, sie sehen wunderschön aus. Und du bist sicher, dass du diesen Ring tragen willst?«

»Natürlich, ich habe extra Platz an meinem Finger geschaffen, nur für dich und diesen Ring«, versicherte er mir. »Möchtest du ihn tragen?«, fragte er, und für mich klang diese Frage nach viel mehr als nur der Frage, ob ich einen Ring tragen wollte.

Es war ja auch mehr. Es war das offene Bekenntnis zu unserer Liebe.

»Ja, nichts lieber als das«, sagte ich feierlich. Jannis schob mir den Reif über den linken Ringfinger.

»Er passt wie angegossen«, erklärte ich und bewunderte das schöne Schmuckstück.

»Wollen wir schauen, ob meiner auch passt?« Er sah mich auffordernd an.

Ich nahm den Reif aus der Schachtel und schob ihn über seinen Finger, wo vorher der andere Ring gesessen hatte und jetzt ein feiner, weißer Streifen zu sehen war.

»Passt wie für dich gemacht«, meinte ich und verschränkte unsere Finger miteinander.

»Ich liebe dich, cara mia.« Dann küsste er mich liebevoll.

»Was hältst du davon, wenn wir am nächsten Wochenende wieder mal nach Florenz fahren? Wir könnten den Ferrari nehmen«, flüsterte er an meinen Lippen.

»Aber nur, wenn du wieder mit mir Tango tanzt.«

»Wann immer du willst«, meinte er mit einem Lächeln auf den Lippen.

»Habe ich dir eigentlich schon erzählt, dass Marina eine tolle Idee für das Logo unseres Olivenöls hat?«, berichtete ich, als wir langsam die Treppe des Hotels hinunterschritten.

»Nein, lass hören.«

»Sie findet ›Olive mit Liebe‹ wäre genau der Name, der alles aussagt.«

Jannis blieb auf der letzten Treppenstufe stehen und sah zu mir auf, weil ich eine Stufe höher stand. »Das hört sich ganz nach einem Verkaufsschlager an.« Er zog mich in seine Arme. »›Oliva con amore‹ … Was kann es Schöneres geben?«

»Höchstens ›ti amo‹«, überlegte ich leise und strich sanft über seine Wange.

Jannis nickte und lächelte. »Ja, cara mia, ti amo.«

ENDE

WE INVITE YOU
TO CELEBRATE OUR WEDDING
Antonia
Jannis
LOCATION:
FATTORIA DIAMANTIS
TIME:
COMING SOON

DANKSAGUNG

Ich danke allen, die mir geholfen haben, dass dieses Buch das Licht der Welt erblickt. Angefangen beim Zeilenfluss Verlag, der mich auf die Idee einer Urlaubsreihe gebracht hat. Ganz besonders hier Jenny Spanier. Danke für die liebevolle Betreuung und ich freue mich auf unsere weitere Zusammenarbeit. Dann einen lieben Dank an Lisa Winter für die Auswahl des tollen Covers. Nadine und Johannes danke ich für das kritische Auge, das Finden der Fehler und die kreativen Anmerkungen. Ihr seid klasse und ich arbeite soooo gerne mit euch zusammen. Ein großer Dank geht auch an meine Testleser. Danke für euer Lob und auch die konstruktiven Nachrichten, die mich immer weiterbringt.

Und natürlich gibt es noch meine wundervollen Kinder, die ich an den Schluss setze, weil sie mir die Wichtigsten sind. Ihr ertragt all meine Romanideen mit unerschöpflicher Geduld. Danke für euer Interesse an meiner Arbeit, danke für eure Liebe. Wie man sagt: Das Beste kommt immer zum Schluss.

Eure Kajsa Arnold

ÜBER DIE AUTORIN

Kajsa Arnold ist seit 2010 hauptberuflich Autorin. Ihr Motto ist: Schreiben ist wie atmen. Geboren wurde sie in den Sweet Sixties in Essen. Bisher hat sie mehr als 200 Bücher in verschiedenen Genres veröffentlicht. Mit Vorliebe schreibt sie zeitgenössische Liebesromane, historische Romane, und New Adult. Zu ihren Hobbys gehören neben dem Schreiben, das Fotografieren, Kino, Handarbeiten, und ohne Musik geht nichts. Sie liebt Paris und Rom. Mittlerweile lebt ich mit ihren sechs Kindern und Hund im Westmünsterland, und träumt von einem Haus am Meer.